NV

サ ト リ

〔上〕

ドン・ウィンズロウ

黒原敏行訳

早川書房

7115

SATORI

by

Don Winslow

Translated by

Toshiyuki Kurohara

Published 2012 in Japan by

HAYAKAWA PUBLISHING, INC.

This book is published in Japan by

arrangement with

SAMBURU, INC.

ALEXANDRA WHITAKER

CHRISTIAN WHITAKER

DIANE WHITAKER

and TOMASIN WHITAKER

c/o INKWELL MANAGEMENT, LLC

through TUTTLE-MORI AGENCY, INC., TOKYO.

リチャード・パインに

本書はフィクションであり、名前、登場人物、場所、出来事は著者の想像の産物であるか、フィクションの一要素として使われているかのどちらかである。実在の事件や場所や生死を問わないいかなる人物との類似も、偶然にすぎない。

目次

サトリ〔上〕

登場人物

ニコライ・ヘル……………………日本人の心を持つ男
エリス・ハヴァフォード ⎫
ダイアモンド少佐 ⎭…………CIA局員
ジョン・シングルトン………………同アジア部長
ビル・ベントン………………………同元北京支局長
ソランジュ……………………………ニコライの指導係
ルイ・デュシェーヌ…………………ソランジュの昔の恋人
ホーガー大佐…………………………モンペリエのゲシュタポの指揮官
マダム・セット………………………娼館の女主人
アレクサンドラ・イヴァノヴナ……伯爵夫人。ニコライの母
ユーリ・ヴォロシェーニン…………中国駐在通商参事官。KGBの幹部
ヴァシーリー・レオートフ…………ヴォロシェーニンの補佐官
陳………………………………………北京でのニコライの案内役
劉将軍…………………………………中国国防部長
余大佐…………………………………劉の副官
康生……………………………………中国秘密警察長官
雪心……………………………………僧侶
呉鐘……………………………………元中華民国軍の武術教官
エイドリアン・ウッテン……………イギリス情報部香港支部長
ミシェル・ギベール…………………ニコライがなりすます武器商人
エミール・ギベール…………………ミシェルの父。武器商人
〈コブラ〉……………………………暗殺者

第一部　東京　一九五一年十月

1

ニコライ・ヘルは、楓《かえで》の葉が枝を離れ、微風に舞い、そっと地面に落ちるのを見た。美しかった。

アメリカ占領当局が管理する拘置所の独房に三年間幽閉されたあと、初めて自然の事物を眺めながら、爽《さわ》やかな秋の空気を吸いこんだ。肺に溜めて、吐く。

ハヴァフォードはそれを溜息だと思ったらしい。

「外に出られて嬉《うれ》しいかね」と訊いてきた。

ニコライは答えなかった。ハヴァフォードなど何者でもない。ほかのアメリカ人と同じ商人にすぎない。自動車やシェービング・クリームやコカ・コーラのかわりに秘密情報を商う。違いはそれだけだ。無意味な会話はしたくない。この役人に内心を打ち明ける気など毛頭なかった。

外に出られて嬉しいのはあたりまえだ。ニコライは巣鴨拘置所の陰鬱《いんうつ》な灰色の塀《へい》を振り返り、そう思った。西洋人はなぜあたりまえのことをいちいち口に出すのか。言葉にならないことを言葉にしようとするのか。秋になって楓の葉が落ちるのは楓の葉の本性だ。自分が父親がわりの岸川将軍を殺したのは、それが息子としての本性であり、義務だからだ。アメリカ人たちはその自分を独房に入れた。彼らの本性からして、それよりほかにできなかったのだ。

今、彼らはわたしに〝自由〟を与えようと申し出ている。わたしを必要としているから。

ニコライは楓並木にはさまれた砂利道をふたたび歩きはじめた。ちょっと意外なことに、閉ざされた狭い独房から外に出たことにかすかな不安を感じた。広々とした空がもたらす眩暈《めまい》を振り払った。この世界は広大で空虚だ。ここには自分のほかに誰もいない。三年間、ニコライは自分ひとりを友として充足していた。今、二十六歳にして天涯孤独の身になり、外の世界に出ていこうとしている。

ハヴァフォードはこのことを予見していた。囚人が社会復帰するときに直面するいろいろな問題について心理学者に相談していた。その心理学者は古典的なフロイト派で、お決まりのウィーン風ドイツ語訛《なま》りのある英語でこう言った。問題の人物は監禁生活に慣れてしまっているので、最初は外の世界の広さに圧倒されるだろう。したがって、まずは窓のない小部屋に移し、みずから望めば庭に出られるようにするのが望ましい。こうして徐々に慣らしていく。がらんとした広い場所や、人が多くて騒がしい都会では混乱をきたすおそれがある。

そこでハヴァフォードは東京の郊外にある静かな隠れ家の小さな一室をそのために使うことにした。もっとも、集められる範囲内で集めた情報から判断するに、ニコライ・ヘルは容易に圧倒されたり混乱をきたしたりする男だとは思えなかった。異常なまでに冷静沈着で、その物静かな態度はしばしば謙虚を超えて傲慢《ごうまん》を感じさせる。ロシア貴族であった母親と、サムライであった父親がわりの人物の完璧な混合物とでも言おうか。その父親がわりの人物とは戦争犯罪人の岸川将軍で、ヘルは気管への指の一撃により、将軍を絞首刑の屈辱から救ったのだった。

金髪と明るい緑色の瞳《ひとみ》を持っていても、ニコライは西洋人より東洋人に近いとハヴァフォードには思えた。歩き方まで東洋人のようだ。両手をうしろで組み、占める空間を最小限にして、すれちがう相手に迷惑をかけないようにする。長身痩軀《そうく》で、心もち猫背なところが謙虚さをうかがわせる。外見は西洋人だが中身は東洋人なのだとハヴァフォードは判定した。それもそのはず、上海で亡命ロシア人の母親に育てられ、日本軍が上海を占領したあとは岸川将軍に庇護《ひご》された。母親の死後は岸川将軍の尽力で日本に渡り、囲碁の達人のもとで生活をしながら勉学に励んだ。囲碁というのは複雑精妙な盤上ゲームで、チェスのようなものだが、その百倍ほど難しい。

ニコライは囲碁の達人となった。

というわけで、彼が東洋人のような物の考え方をしても不思議はないのだ。

ニコライはハヴァフォードから思念を向けられているのを感じとっていた。ハヴァフォードは信じがたいほど心が透明な男で、澄んだ水溜まりの底の石のようにはっきり内心が見える。ニコライはこの男からどう思われようとかまわない。人は食料雑貨店の店員からよく思われようなどと心を砕かないものだ。ただ煩《うるさ》いことは煩《うるさ》かった。そこで顔にあたる陽射しへと注意を向け変えた。肌に暖かい陽射しだった。

「で、何が欲しい？」とハヴァフォードが訊いてきた。

「どういう意味だ？」

ハヴァフォードはふふんと笑った。長い幽閉生活を終えた男に何が欲しいかと訊けば、どういう意味も何もない――酒、食べ物、女――順不同――そういうことだ。わかっているくせにわざわざ訊き返すニコライの尊大な態度に負けて、詳しく説明してやるつもりはない。日本語でこう返した。「つまり何が欲しいかという意味だが？」

ハヴァフォードが日本語を話せること、そして、碁盤上のひとつの石もとられまいとするような態度に興味を惹《ひ》かれて、ニコライはこう訊いた。「まずまずのお茶を飲ませてもらうことなど無理だろうな」

「じつを言うと、ささやかな茶会の手配をしている。まずまずのお茶と思ってもらえるといいんだがね」

正式な茶の湯の会を開いてくれるのか。

面白い。

道のはずれに一台の自動車が駐めてあった。ハヴァフォードが後部座席のドアを開けて、ニコライに乗るよう促《うなが》した。

2

茶会はまずまずどころか、すばらしいものだった。

ニコライは、漆器の膳《ぜん》を脇に置いて、畳の上であぐらをかき、抹茶《まっちゃ》のひと口ひと口を味わった。茶の品質は最高であり、同席した芸者も同じだった。芸者は男ふたりの会話が聞こえないところに控えていた。

ハヴァフォードは一介の役人にすぎないが、意外にも茶の湯に精通しており、非の打ちどころのない作法でニコライをもてなした。茶室のある家に着くと、ハヴァフォードはほかの客はやむをえずひとりも招んでいないことを詫《わ》びた。ニコライは待合に案内され、そこですばらしく美しい芸者と引き合わされた。

「こちらは加美子さん」とハヴァフォードは紹介した。「今日の飯頭《はんとう》を務めてくれる」

加美子はお辞儀をし、ニコライに着物を渡すとともに、白湯《さゆ》を一杯出した。これは今日の茶をたてるのに使う湯だ。ニコライが白湯をひと口飲むと、ハヴァフォードは失礼と断わって茶事の用意をしにいった。加美子に促《うなが》されて、ニコライは露地の石の腰掛けに坐った。言葉は交わさず、閑寂を愉《たの》しんだ。

数分後、着物に着替えたハヴァフォードが蹲《つくばい》へ行き、作法にのっとって清水で口と手をすすぐ。それから中門《ちゅうもん》をくぐり、ニコライにお辞儀をして正式に露地へ招き入れた。ニコライは蹲へ足を運んだ。

茶室へは躙《にじ》り口から入る。この入り口は高さが六十センチほどしかなく、自然と頭をさげることになる。この動作は物質的な世界から茶室の精神的な世界へ移るときの敬意を象徴している。

茶室は簡素にして優雅な趣《おもむき》をたたえ、まさに〈渋み《シブミ》〉を完璧に表現した空間だった。伝統的な作法に従って、まずは床の間に近づき、そこにかけられた掛け物を見る。その筆致の巧みさを褒《ほ》めるのが客であるニコライの役割だ。掛け物に書かれている言葉は、〈悟《サト》り《リ》〉だった。

面白い言葉を選んだな、とニコライは思った。〈サトリ〉とは仏教の一宗派である禅宗の概念で、物事の実相を不意に認識することを指す。それは瞑想《めいそう》や思索の結果としてではなく、微風に乗って、あるいは炎の閃《ひらめ》きや木の葉の落下とともに訪れる。

ニコライはまだ〈サトリ〉を得たことがない。

掛け物の前には小さな木の台があり、その上に楓の小枝を一本のせた皿が置かれていた。

三人は低い卓のそばへ行った。卓の上には風炉《ふろ》と釜がのっていた。ニコライと加美子が卓のそばに坐る。ハヴァフォードは一礼して部屋を出ると、しばらくして銅鑼《どら》を鳴らし、茶筅《ちゃせん》、茶杓《ちゃしゃく》、茶巾《ちゃきん》を入れた赤みがかった陶器の茶碗を持って戻ってきた。

亭主であるハヴァフォードは、炉をはさんでニコライと対座した。すべての道具を茶巾で拭く。茶碗に湯を注いで茶筅を洗い、湯を建水《けんすい》に捨て、ふたたび茶碗を丁寧《ていねい》に拭いた。

ニコライは古式ゆかしい儀式を愉しんだが、満足に浸りすぎたくはなかった。明らかにハヴァフォードは下調べをして、ニコライが拘置所に収監される前、東京で、日本流の風儀正しい家で暮らしていたことを知っていた。それは使用人を何人も抱え、昔からのしきたりを守っている家だった。だからニコライが茶の湯の儀式に郷愁と安息を覚えることを知っていたのだ。

たしかに懐《なつ》かしくて心が安らぐが、用心しなければ、とニコライは思った。

ハヴァフォードが茶杓を出した。それから茶入れの蓋《ふた》を開けて、客の前に差し出し、香りを愉しませた。それは濃茶《こいちゃ》だった。濃茶は陽射しを遮断された老樹の若芽からつくられる抹茶だが、それが非常に高級な茶葉であることにニコライは驚いた。いくらするのかは想像もつかない。ハヴァフォードが意味もなくこんな贅沢《ぜいたく》なもてなしをするはずがない以上、そのつけは結局、ニコライ自身が払うことになるのだろう。

測ったような正確さで適切な時間だけ手をとめていたハヴァフォードは、茶杓で茶入れから緑色の細かな粉末を六回に分けてすくい出し、茶碗に入れた。竹の柄杓《ひしゃく》で湯をくみ、茶碗に注いで、茶筅ですばやくかき混ぜる。できばえを確かめて満足すると、卓ごしに茶碗をニコライによこした。

ニコライは作法どおりお辞儀をし、右手で茶碗を受けとると、左の手のひらにのせた。茶碗を時計まわりに二度まわし、茶を飲む。みごとな茶だ。最後はこれまた作法どおり音を立てて飲んだ。右手で茶碗の縁をぬぐい、反時計まわりに二度まわして、亭主に返す。ハヴァフォードはお辞儀をして、残った茶を飲んだ。

それから茶会はもう少し作法のゆるい段階に進んだ。ハヴァフォードがまた茶碗を拭き、加美子が風炉に炭を足して、薄茶をたてる準備をした。もちろんこの段階でも守るべき作法はある。ニコライは客の務めとして茶器を話題にした。

「この茶碗は桃山時代のものだな」独特の赤みに着目して、そうハヴァフォードに告げる。

「とても美しい」

「そう、桃山時代のものだが、最良の作ではない」

十六世紀の茶碗が非常に高価なものであることは、ふたりとも知っていた。ハヴァフォードはこの〝ささやかな〟茶会を催すために、かなりの手間と金を費やしたようだ。なぜ、とニコライは考えずにはいられない。

ハヴァフォードはニコライを驚かせることができた満足を隠しきれなかった。

わたしはきみをよく知らないが、とハヴァフォードはふたたび正座をしながら考えた。

きみもわたしのことを知らないわけだ。

　実際、エリス・ハヴァフォードは、三日間の尋問中にニコライを痛めつけて血みどろの肉塊にした会社《ザ・カンパニー》（ACI）の悪党どもとは異質な男だった。ニューヨークはマンハッタン、アッパー・イーストサイドの出身で、イェール大学とハーヴァード大学から入学許可通知が来たにもかかわらず、マンハッタン以外での生活など考えられないという理由でコロンビア大学を選んだ男。東洋の歴史と言語を学んでいるときに真珠湾攻撃が勃発。普通なら情報機関でデスクワークをやるところだ。

　ところがハヴァフォードはその道を選ばず、海兵隊に入隊した。ガダルカナル島で小隊長、ニューギニアで中隊長を務め、名誉戦傷章と海軍勲功章を胸に飾ったが、そのあたりでようやく自分の教育を生かせていないと気づいた。そこで秘密作戦のほうにまわり、仏領インドシナの密林で抗日ゲリラの訓練をした。フランス語、日本語、ヴェトナム語を流《りゅう》暢《ちょう》に話し、中国語のいくつかの方言もまずまず使いこなす。ニコライと違って貴族の生まれではないが、裕福な家庭の育ちという点では貴族的であり、日本の由緒正しい茶会も含めてどんな場でも堂々と役割を果たせる貴重な人材だった。

　加美子が薄茶をたて、刺身と香の物の〝向こうづけ〟を供した。

「とても美味《おい》しい」とニコライは日本語で加美子に言った。

「つまらないものだが」とハヴァフォードが作法どおり謙遜する。「これが精一杯でね。

申し訳ない」

「いや、大変けっこうだ」ニコライは何年か遠ざかっていた日本流の作法に無意識のうちに戻っていた。

「畏《おそ》れ入る」とハヴァフォードが言う。

加美子が聞くともなく話を聞いているので、ニコライは言った。「言葉を切り替えようか」

ハヴァフォードはニコライが英語、フランス語、ロシア語、ドイツ語、中国語、日本語に堪能で、バスク語も少し話すことを知っている。選択の範囲は広かった。フランス語はどうかと提案し、ニコライは同意した。

「あなたが提示した報酬は十万ドルと身柄の自由、コスタリカの旅券、それにダイアモンド少佐とその手下どもの自宅の住所だった。そのかわりにわたしはある任務を果たす。その任務にはたしか人殺しも含まれている」

「人殺しというのは聞こえがよくない」とハヴァフォードが応じる。「が、取引の基本は正確に理解しているようだ」

「なぜわたしなのかな」

「きみには特別な点がいくつかある。もちろん任務遂行に必要な技術も持っている」

「たとえばどんな点？」

「それはまだ知る必要がない」

「いつ始める？」

「それよりどう始めるかが問題だ」

「いいだろう。では、どう始める？」

「まずはきみの顔を修繕する」

「そんなにまずい顔かな」ニコライはそう訊いたが、自分の顔がダイアモンド少佐とその部下たちの拳と棍棒《こんぼう》のせいでゆがみ、腫《は》れあがり、骨を痛めているのは知っていた。

アメリカ軍に通訳として雇われていたニコライは、岸川将軍を殺したあと、ダイアモンドとその部下たちに激しい暴行を加えられ、さらには向精神薬を使った恐ろしい実験の材料にされた。暴行による苦痛は大きく、身体の変形もひどかったが、いちばんこたえたのは精神の統制を奪われて無力感を味わわされたことだった。ダイアモンドとその唾棄《だき》すべき部下たちは、ニコライから人間の本質的な部分を盗みとり、性格のゆがんだ残忍な子供が小動物をいたぶるようにその本質的な部分をもてあそび苛《さいな》んだのだった。

いずれこの借りは返させてもらう。ニコライはそう胸中に誓った。ダイアモンドと、暴力要員の手下ども、そして自分の〝患者〟に注射をして現われた効果を冷徹な臨床医の目で観察した医者は、死ぬ前にほんの短いあいだ、このわたしに会うことになるだろう。

今はこのハヴァフォードという男との契約をまとめなければならない。この男は復讐に不可欠の存在なのだ。それは別にしても、ハヴァフォードは興味深い人物だ。一分の隙もない服装、おのずと現われる深い教養。アメリカで貴族として通っている一族の出身であることは明らかだ。

「まずい顔じゃないが」とハヴァフォードは答えた。「壊れたものは修繕するのが当然だと思うのでね」

ニコライは考えた。要するにこの男はアメリカ人らしくない微妙な言いまわしで、自分は彼らと同類ではないと言いたいのだ。だが、もちろんおまえも同類だ。身だしなみや教養は、同じ傷物の器にかけた美しい釉《うわぐすり》にすぎない。ニコライは尋ねた。「〝修繕〟されたくないと言ったら？」

「その場合は残念ながら協定を取り消すほかない」とハヴァフォードは愉快そうに言った。英語なら刺々《とげとげ》しくなる脅し文句をフランス語が和らげてくれるのを喜んでいるようだった。

「現在のきみの容貌を見ると、人はあれこれ質問したくなる。しかしきみがそれに答えると、われわれが苦労してきみのために用意した隠れ蓑《みの》と合致しなくなるからね」

「〝隠れ蓑〟？」

「新しい身分だ」ハヴァフォードは答えながら、このニコライ・ヘルは暗殺者として有能でも、秘密工作に関しては初心者なのだと改めて思った。「虚構の履歴をそなえたね」

「どういう人間になるのかな」

ハヴァフォードは首を振った。「それもまだ知らなくていい」

ニコライは試しに言ってみた。「わたしは独房が気に入っている。あそこへ戻ってもいいと思っている」

「それもいいだろう。岸川将軍殺害の罪で裁かれるのもね」

うまい切り返しだ、とニコライは思った。この男にはもっと慎重に応対する必要がありそうだ。攻撃の方法がないので、緩慢な引き潮のように後退した。「顔を手術するというのは、つまり整形手術を……」

「そのとおり」

「痛いんだろうな」

「とても痛い」

「回復期間はどれくらい？」

「数週間」ハヴァフォードはそう言ってニコライの碗に茶を注ぎ足し、自分の碗にも注ぎ、加美子にうなずきかけて、新しい急須《きゅうす》を持ってくるよう頼んだ。「しかしその時間はむだにはならない。きみにはやることがたくさんある」

ニコライは片眉をあげた。

「たとえばきみのフランス語だ。語彙《ごい》は豊富だが、発音が問題だ」

「フランス人のばあやが気を悪くしそうだ」

ハヴァフォードは「ゴメンナサイ」と、フランス語より礼儀正しく謝罪ができる日本語で言った。「ただ南仏の方言を覚えてもらいたいんだ」

なぜだ、とニコライは訝《いぶか》った。それでも尋ねなかったのは、好奇心が強いだの興味を持っているだのと思われたくなかったからだ。

部屋の端で待っていた加美子が、会話の切れ目をとらえてお辞儀をし、茶を出した。美しく結《ゆ》った髪、雪花石膏《アラバスター》のような肌、きらきら輝く目。いまいましいことに、加美子を見つめているニコライを見て、ハヴァフォードが言った。「話はもうついているよ」

「ご厚意だけありがたくいただいておく」とニコライは答えた。肉体的欲求をあらわにして、ハヴァフォードを喜ばせるのは嫌だった。

「そう？　本当にいいのかな」

本当でなければそう言うものか、とニコライは思った。問いには答えず、かわりにこう言った。「それともうひとつ」

「うん？」

「罪のない人間は殺さない」

ハヴァフォードは含み笑いをした。「その点はまず大丈夫だ」

「それなら引き受けよう」

ハヴァフォードは一礼した。

3

ニコライは失神すまいと戦った。

自律を掟として生きている人間は、自律を手放すことを忌み嫌う。それは薬物による拷問の記憶をよみがえらせる。だから意識を引きとめようと苦闘したが、まもなく麻酔が効いてきた。

ニコライは子供のころ、わが身を現在から引き離して野の花の咲き乱れる広い野原に横たわるような境地を日常的に体験していた。なぜ、どのようにしてそこに達するのかはわからないが、安らかで心地よかった。そういう時間を〝休んでいるとき〟と名づけていた。ほかの人はなぜそれなしで生きていけるのか不思議でならなかった。

だがその後、東京が空襲に見舞われて、友達が大勢死に、広島と長崎に原爆が投下され、父親がわりの岸川将軍が戦犯として逮捕された。ニコライに囲碁を教え、洗練と規律と思索の生活を教えてくれたあの教養豊かな人物が。ニコライはかけがえのない〝休んでいるとき〟を奪われ、どれだけ努力しても、かつては自然に保てていた平常心を取り戻すことができなかった。

窓を暗幕で覆《おお》われた飛行機でアメリカへ連れていかれ、大怪我《おおけが》でもしたように顔に包帯を巻かれて飛行機からおろされたときには、平常心はいよいよ保ちにくかった。ストレッチャーに寝かされ、腕に点滴針を刺され、鼻と口に酸素マスクをかぶせられて病院へ運びこまれたときには、なおのことだった。

目が醒《さ》めたときにはパニックに陥った。両腕を革帯でストレッチャーに縛りつけられていたからだ。

「大丈夫よ」と女の声が言った。「転げ落ちたり、顔を手で触《さわ》ったりすると困るので縛っているだけだから」

「絶対に落ちないいし、顔は触らないようにする」

女は信じられないわというようにくすくす笑った。

ニコライはさらに抗弁しようとして、激痛に襲われた。目の前でひどくまぶしい光が揺れた。瞬《まば》きをして、呼吸を整える。光は部屋の反対側にあると思念して、無心に観じる。痛みはまだあったが、これはかなり強いなと他人事のように思う余裕ができた。

「今、注射をしてあげるわね」と看護師とおぼしき女は言った。

「いや、いらない」とニコライは断わった。

「でも身体を動かしたり、歯を食いしばったりするとよくないの。顔の骨の手術はかなり複雑だったから」

「じっと寝ているから大丈夫だ」そう答えたが、腫《は》れた瞼《まぶた》の細いすきまから注射の準備をするのが見えた。看護師はケルト系の健康的な女で、白い肌にそばかすが散り、髪は赤錆《あかさび》色、腕が太い。ニコライは息を吐き、手を脱力させ、革帯からするりと抜いた。

看護師が当惑しきった顔になった。「そんなことをすると先生を呼ぶわよ」

「何でもやってくれ」

医者は数分後にやってきた。ニコライの顔を包んでいる包帯を調べ、みごとな卵を産んだ雌鶏《めんどり》が満足げにコッコッと鳴くような音を舌で立てた。「手術は大成功でした。とてもいい結果が出ると思いますよ」

ニコライは型どおりの応答で調子を合わせることはしなかった。

「手で顔を触らないようにしてくださいね」と医者は言った。それから看護師に向かって、「鎮痛剤はいらないと言うならべつにかまわないよ。我慢ごっこがつらくなってきたらこの人のほうから呼ぶだろう。ちょっとした復讐をしてやりたいのなら、ゆっくりと駆けつけてやるといい」

「わかりました」

「わたしはなかなか腕がいいんです。あなたは棒を振りまわして女たちを追い払わなければならなくなりますよ」

ニコライがその意味を理解するまでにしばらくかかった。

「顔の筋肉にごく軽い麻痺《まひ》が残ると思いますが、日常生活に支障はないはずです。むしろ女性に無関心な表情をしてみせるのに役立つでしょう」

ニコライは鎮痛剤の注射を要求しなかった。

身体を動かすこともしなかった。

4

夜の闇と雨季の豪雨に身を隠して、〈コブラ〉は微動だにせずうずくまっていた。

男の足がぬかるみを歩いて森に通じる小径《こみち》に入ってくるのを、じっと見つめた。その森の中で男はあることをするが、それが男の習慣なので、こうして待ち伏せしているのだ。暗殺者〈コブラ〉は、幾夜もかけて獲物の行動パターンを調べあげていた。

男が近づいてきた。竹藪《たけやぶ》の〈コブラ〉がひそむ場所まで、もうあと二メートルばかり。用向きのことしか頭にない男は、怪しいものに目を留めることもなく、手で顔から雨をぬぐいとる。

その瞬間をとらえて、〈コブラ〉は飛び出し、攻撃した。雨と同じ銀色に光るナイフを突き出し、男の太腿《ふともも》を切り裂いた。襲われた男は奇妙な痛みを感じて下を見、血に濡れたズボンの切れ目を手で押さえた。だが、もう遅い。大腿動脈が断ち切られ、手の指のあいだから血が湧き出てきた。失血性ショックに襲われてその場にへたりこみ、自分の命が流れ出して身体の周囲にみるみる血溜まりをつくっていくのを眺めた。

〈コブラ〉の姿はすでになかった。

5

ダイアモンド少佐は、ニコライの提案受諾を喜んだのかどうかわからないが、少なくとも喜びを熱く表現することはしなかった。

「ヘルは半分日本人の、脳みそをかきまわされてイカレちまった野郎だ」とダイアモンドは言った。

「そう。かきまわしたのはきみだがね」とハヴァフォードは応じた。

「やつはアカのスパイだったんだよ」ダイアモンドは肩をすくめた。ああ、たしかにおれはヘルを少々痛めつけて、新しい薬物を使った尋問の実験台にした。それがどうかしたのか。今おれたちはアカを相手に汚い戦争を戦っているんだ。それにヘルはくそ生意気な若造だ。あの人を見下すような偉そうな態度を見るだけでいたぶってやりたくなる。

新設された中央情報局《CIA》に転任して、日本を離れ、東南アジアに赴任すると決まったとき、ニコライとは完全に縁が切れたと思った。ところが、こいつは凧《たこ》の尻尾《しっぽ》のようについてこようとしている。さっさと処刑されればいいのに、資産《アセット》として使われるらしい。

いかにもあの軟弱なアカがかったハヴァフォードの考えそうなことだ。ご大層な学歴の物知り小僧め。あいつは戦争中、ヴェトナム独立同盟《ヴエトミン》と共同作戦を遂行した男なのだ。だいたいエリスなんて変な名前をしやがって。

ハヴァフォードが言った。「ニコライはソ連のスパイでもどこのスパイでもない。それはきみのいわゆる〝尋問〟で明らかになったことだ」

ハヴァフォードはダイアモンドを軽蔑していた。外見から魂まで。魂があればの話だが。弦を強く張りすぎたギターみたいなしゃくれ顔に薄い唇、たるんだ瞼《まぶた》。内面はそれ以上に醜かった。超保守のならず者で、戦前のドイツ人だったなら嬉々としてナチ党員になったにちがいない。要するに軍が規格品のように大量生産する情報将校のひとりであり、想像力がなく、暴力的で、どれだけ思索しても教育を受けても偏見が抜けない男だった。

ハヴァフォードはダイアモンドやその同類が嫌いだった。アメリカとアジア諸国の関係を悪化させかねない連中だと考えていた。

CIAアジア部長ジョン・シングルトンは、大きな机について議論を聞いていた。白髪をいただくいかつい顔は冠雪した岩山のようであり、淡いブルーの瞳は氷の色をしていた。まさに〝冷戦戦士《コールド・ウオリアー》〟。これほど冷徹《コールド》な人物を、ハヴァフォードは知らない。

シングルトンの非情さは伝説的だった。アメリカ課報界の重鎮である彼は、国務省や連邦議会、さらにはホワイトハウスからも敬意を払われ、恐れられていた。

もっともな話だ、とハヴァフォードは思う。シングルトンに比べれば、マキアヴェリなど聖歌隊の純真な少年、ボルジア家の人々はノーマン・ロックウェルのほのぼのしたイラストに描かれている人物たちのようだ。シングルトンと並んで立てば、悪魔《サタン》も天から落ちる前の天使に見えるだろう。

戦争中はＣＩＡの前身、戦略事務局《OSS》のアジア部長を務め、中国とヴェトナムでのゲリラ作戦を指揮したと言われ、広島と長崎への原爆投下を決定するにあたって影響力を行使したとも考えられていた。

戦後は中国の共産化、北朝鮮の韓国への奇襲と失点が続き、マッカーシーの赤狩りの標的にもなったが、政治的に生き延び、逆にかつてないほどの権力を握っている。敵がみなあの男は悪魔と手を結んでいるのだと陰口をたたくのも無理はなかった。

机についたシングルトンは敵対関係にあるふたりの局員を見た。

「ヘルの精神状態は不安定ではないのかね」とまずはハヴァフォードに訊く。

「とんでもない」とハヴァフォードは答えた。「ニコライ・ヘルほど冷静沈着な男には会ったことがありません」

「おまえさんはあの男に恋してるのか」ダイアモンドは口もとをホモ嫌いのせせら笑いでゆがめた。

「いや、そうじゃない」とハヴァフォードはうんざりした口調で答えた。

「この作戦を中止してください」とダイアモンドはシングルトンに言った。「危険すぎる。ヘルは何をしでかすかわからない。中国南部にはもっと頼りになる暗殺者が何人も――」

「ヘルは完璧です」とハヴァフォードが言った。

「なぜそう言える」とシングルトン。

ハヴァフォードは根拠を挙げた。ヘルは中国語、ロシア語、フランス語に堪能。武術の達人であり、たんに任務を果たせるのみならず、死因を曖昧《あいまい》にすることができる。これは最高の結果を得るために重要な要素だ。

「フランス語がなぜ重要なんだ」ダイアモンドはトラブルの匂いを嗅《か》ぎつけた。

「そういう質問をしてもらうためにきみを呼んだのだ。で、どうなのかな、エリス？」

「ヘルの偽装身分をフランス人の武器商人にするからです」ハヴァフォードはダイアモンドの戸惑いを予想して、内心ほくそ笑んだ。「武器をヴェトミンに売ろうとしている商人に」

案の定、ダイアモンドの唇がゆがんだ。

「それはインドシナ情勢に影響を与えかねない」とシングルトンは言った。「きみならわかっているはずだが」

なんてことだ、とダイアモンドは思った。蛙食《かえる》いのフランス人どもにまた戦争をさせないよう苦労しているというのに、敵のヴェトミンを援助するつもりなのか。「まさか本当に武器を――」

「もちろん、それはしない。ヘルを北京に送りこむための口実だ」とハヴァフォードは答えた。「だからこの件できみのレーダーに何か引っかかっても過剰反応しないでくれ」

ダイアモンドはハヴァフォードを睨《にら》みつけた。「おまえさんの可愛《かわい》い坊やをわたしの縄張りに入れるなよ」

「心配ご無用だ」

だがダイアモンドは心配していた。例の〈X作戦〉と、そこで自分が果たす役割のことがワシントンに知られたら……〈X作戦〉はインドシナでの作戦であり、フランスが主導している。だからうまく秘密を守れているのだ。ヘルの一件はこれを脅《おびや》かしかねない。

ダイアモンドはシングルトンに顔を向けた。「部長、この作戦に関しては逐一わたしにも経過報告をまわしていただけませんか」

「きみにも報告が行くようにしよう」とシングルトンは保証した。「エリス、状況はすべて彼にも知らせたまえ」

「はい」

「エリス、きみはちょっと残ってくれ」

ダイアモンドは退室した。ニコライ・ヘルは自由の身になるんだな、とエレベーターの中で考えた。脚に震えが来た。よし認めよう。おれはあの男を恐れている。そして、それには充分な理由がある。やつは殺人術にたけた男で、おれを恨んでいるのだ。

それに〈X作戦〉のこともある。

それが明るみに出る可能性がわずかながらも出てきた。

そんなことを許してはならない。


「ヘルは標的が誰だか知っているのかね」とシングルトンがハヴァフォードに訊いた。

「まだ話していません」

シングルトンはちょっと考えてから問いを重ねた。「ダイアモンドが言ったことには何か根拠があるのかな。ヘルは何をしでかすかわからないと言っていたが」

「根拠などないと思います。ただ、航海の喩《たと》えを使うなら、錨《いかり》を用意しておくつもりではいます」

シングルトンはハヴァフォードを退出させ、秘書に予定を確認したあと、しばらく思案した。執務室に付属する書斎に入り、テーブルについて、碁盤を眺めた。

数週間前から〝一人碁〟を打っていた。相戦う白と黒の石が、ゆっくりと美しい形をつくりつつある。陰と陽の交錯するさまは優雅とすら言えるほどだ。人生で完璧な均衡が実現できるのは碁盤の上だけだ。

ダイアモンドも、ハヴァフォードも、性根は明確だ。どちらも自分らしい碁を打つだろう。

だが、ヘルは……

シングルトンは黒の石をひとつ置いた。

ヘルはまもなく標的を知る。そしておそらく彼なりの動機づけを得るだろう。

それはどういう動機づけだ？

ニコライ・ヘルという碁打ちはどういう打ち方をするだろう。アジアの将来は、この複雑な人格を持つ男の行動にかかっていると言っても過言ではない。

〝錨〟か、とシングルトンは考える。

なかなか面白い。

6

ソランジュは、名前の響きに負けず美しい女だった。

髪は琥珀色《こはくいろ》の輝きをもつ金糸の流れ、瞳は真昼の海のような青。鉤鼻《かぎばな》はかつてローマ帝国領だった南仏ラングドック地方の生まれであることの証しだが、ふっくらした唇は北部フランス人のものでしかありえない。そばかすが淡く散る肌は磁器のようになめらかで、高い頬骨は柔らかな線のおかげでぎすぎすした印象を免《まぬが》れている。ニコライより頭ひとつ分低いだけの長身で、脚が長く、豊満で、シンプルだが優雅な青いワンピースの胸はぴちぴちに張りつめていた。

だが、ニコライを最も魅了したのは声だ。低いけれども優しいその声で発音されるフランス語の柔らかな響きは、洗練されていると同時に官能的だった。「ようこそ、ムッシュー。おくつろぎいただけるといいんですけれど」

「くつろげそうだ」

ソランジュはキスを受ける手を差し出した。ニコライの顔が包帯で覆《おお》われていることとなど気にならない様子だ。ニコライは彼女の手をとった。指が長くて細い。手の甲にキスをすると、唇と一緒に包帯も肌に触れた。「お近づきになれて嬉しいです《アンシャンテ》」

「寝室へご案内しましょうか」

「お願いします《シル・ヴ・プレ》」ニコライはアメリカから東京までの長時間の飛行で疲れていた。

「お願いします《シル・ヴ・プレ》」ソランジュはやんわりと発音を訂正した。

　ニコライは訂正を受け入れ、相手の発音を真似てもう一度くり返す。ソランジュはそれに微笑みで報いた。「あなたのばあやさんはトゥールの出身じゃない？　あのあたりのフランス語はいちばんきれいな標準語だけど、あなたは南仏の発音を覚えなくちゃいけないの」

「だからここへ来たんだと理解しているよ」

「わたしは南仏の出なの。モンペリエ生まれ」

「行ったことがないな」

「美しいところよ。陽射しがたっぷりで、暖かくて。それにあの澄んだ光……」

　寝室は簡素だが趣味がよかった。壁は気分が明るくなるが煩《うるさ》すぎない黄色。数少ない家具は、壁の黄色と鮮やかな対照をなす青。大型ベッドは独房の簡易ベッドに慣れた身には巨大に見えるが、その布団《ふとん》の色も青だ。枕もとの小卓には菊の花が一輪飾られていた。

「これは日本の花でしょう」とソランジュが訊いた。

「そうだ」

「懐かしい？」

「そうだな」ニコライは奇妙な感動を覚えた。「ありがとう」

「いいえ《パ・ド・コワ》」

「え？」

「正式には〝どういたしまして《ジュ・ヴ・ザン・プリ》〟だけど——つまりその《コマン・ヴ・ディット》——〝くだけた〟言い方だと〝いいえ《イルニヤ・パ・ド・コワ》〟とか〝いいえ《パ・ド・コワ》〟でいいの。わかる？《ヴ・ヴォワイエ》」

「よくわかる《トレ・ビアン》」

「今のもとてもいい。でも、〝r〟は巻き舌にして。こんなふうに《コム・サ》」ソランジュがつくった唇の形はニコライの目にかなり魅力的に映った。「トレ・ビアン」

「最後はもう少し鼻から息を出して」

ニコライは鼻母音をきかせてもう一度反復した。

「すばらしい《フォルミダーブル》。最後に〝g〟の名残を、幽霊みたいにごく幽《かす》かに響かせて。田舎の人じゃなくて洗練された都会人みたいになるから。あなた疲れている？　それともお昼にしたほうがいい？」

「疲れよりもおなかが空《す》いているな」

「そうかもしれないと思って用意しておいたわ」

ソランジュに案内されて小さなダイニング・ルームに入った。窓の外は枯山水《かれさんすい》の庭で、高い竹藪《たけやぶ》に囲まれていた。匠《たくみ》の技をこらした石庭はニコライに東京の自宅の細やかな造りの庭を思い出させた。岸川将軍の命をとる決心をするまで、ニコライはその家で充足した生活を送っていたのだった。「庭に出てもかまわないのかな」

「ええ。ここにいるあいだはあなたの家だもの」

「ここにはどれくらいいることになる？」

「傷が治るまで」とソランジュはさらりとかわした。それから、いたずらっぽく微笑んで言い添えた。「それと南仏の言葉をマスターするまでね」

ソランジュが手でテーブルの椅子を示す。

ニコライが腰をおろすと、ソランジュはキッチンに入った。

ダイニング・ルームは家のほかの部分と同じく純西洋風だった。ソランジュは家具をどこで買い集めたのだろう、とニコライは考えた。枯山水は別として、屋内をフランスの田舎家風に設《しつら》えたのは彼女の雇い主であるＣＩＡだろうと推測した。そのほうがフランス人としての〝偽装〟がニコライの身によく浸透するという配慮だ。おそらく近ごろアメリカ市民の新しい宗教になっているという〝精神分析〟の祭司が勧めたのだろう。それはそれとして、室内の雰囲気は心地よく、食欲を刺激した。

キッチンから漂ってくる美味《おい》しそうな匂いも同様だった。デリケートで、たぶんワインの香りがまじっている。かすかな黴《かび》臭さはマッシュルームだろうか。ソランジュが石鍋を運んできてテーブルに置き、蓋《ふた》をとった。「鶏肉《とりにく》の赤ワイン煮。お気に召すといいけど」

胃袋をじらすその匂い。

ニコライは言った。「ヨーロッパの料理は久しぶりだ」

「おなかがびっくりしなければいいわね」とソランジュ。「これからはおもにフランス料理を食べなければいけないわ」

「それは嬉しい。でも、どうして？」

ソランジュは口をきゅっとつぐみ、美しい澄まし顔をつくってから答えた。「これはちょっと微妙なことで、気を悪くされると困るのだけど……」

「遠慮なく言ってほしい」とニコライは言ったが、〝遠慮なく〟という態度がソランジュのレパートリーにあるかどうかは疑わしいと思った。

「つまりその、あなたは日本人の匂いがするの。本物のフランス人らしい匂いがしなくち《イル・フォ・ク・ヴ・ゼィエ・ロドゥール・ダン・》ゃいけないのに《ヴレ・フランセ》」

「なるほど」もちろん、それは本当だった。拘置所では扉の外を通る人間が何人《なにじん》か体臭でわかったものだ。アメリカ人は牛肉の匂い、ロシア人はジャガイモの匂い、日本人の看守は魚と野菜の匂い。ソランジュは？　香水の匂いだけだ。

「よそいましょうか」

「頼む」

ソランジュは鶏肉の濃厚な煮込みをたっぷり深皿によそい、別の皿にはアスパラガスを盛った。グラスに芳醇な赤ワインを注ぐ。「料理に使ったのと同じワインが合うの。上等のフランス・ワインよ、ムッシュー」

「ニコライと呼んでほしい」

「じゃあ《エ・ビアン》、ニコライ。わたしのことはソランジュと呼んで」

「とても可愛い名前だ」

顔を赤らめたところが、また可愛らしかった。ソランジュもテーブルにつき、自分の分をよそったが、ニコライがまず料理を味わうのを待った。それから、「どう?」と訊いた。

「すばらしい」これは正直な感想だった。味は薄めだがしっかりしていて、口の中にじわりと広がった。ワインの味は母親と暮らした子供のころの家での食事を思い出させた。ヨーロッパのワインを嗜《たしな》むのもいいな、とニコライは思った。もし生きて帰れたなら……

「シェフに絶賛の言葉を捧げたいね」

ソランジュは頭をさげた。「どうも《メルシ》」

「きみがつくったのか」ニコライは驚きの声をあげた。

「お料理は好きなの。この何年かはつくる機会があまりなかったから、とても愉しかった」

ソランジュもフォークで鶏肉を口に運び、美味《おい》しいという顔をした。そんな感情表現は、日本では女性にふさわしくないとされるが、ソランジュの場合はとても魅力的だった。生《ジョ》きる悦《ワ・ド・ヴィーヴル》びの表われた表情は、戦争中も、食糧難の終戦直後も、拘置所の独房でも、見たことがなかった。食事を愉しむ彼女を見るのは心地よかった。何分かたってニコライは言った。「すると、わたしがなりすます男は、アジアにいてもフランス料理を食べるわけか」

「そういうことね」

「どうしてそんなことができる？」

「お金持ちなのよ」ソランジュはわかりきったことだというように言った。「お金があれば、何でもできるの」

「だからきみもアメリカ人のために働いているのか」ニコライはそう尋ねてすぐに後悔した。彼女の気に障りそうなことを言いたい衝動に駆られたのはなぜだろう。

「みんなそうでしょう《トゥー・ル・モンド》」とソランジュは答えた。「今はみんなアメリカ人のために働いているわ」

あなたも含めてね、という顔で、ソランジュは微笑んだ。椅子から立つ。「タルト・タタンを焼いたんだけど、召しあがる？」

「いいね」

「コーヒーでいい？」

「お茶のほうがいいな。あればでいいけど」

「これからはコーヒーよ、ニコライ。エスプレッソと煙草《アン・エクスプレス・アヴエック・ユヌ・シガレット》」

ソランジュはまたキッチンへ行き、林檎《りんご》のタルトとエスプレッソの小さなポットとゴロワーズをひと箱持ってきて、テーブルに置いた。

「さっきは失礼なことを言って悪かった」とニコライは言った。「人と話をするのが久しぶりなものでね」

「いいのよ《パ・ド・コワ》」ソランジュはニコライの謝罪に好感を持った。

タルトは美味で、エスプレッソも驚くほどうまかった。椅子の背にもたれたニコライのほうへ、ソランジュが煙草《たばこ》の箱を押してよこした。「二本火をつけて、一本くださる？」

「いいのかい」

ソランジュは笑った。「あなた、映画は観ないの？」

「観ないな」ニコライには暗闇の中で坐ってセルロイドに焼きつけられた他人の夢想を眺めるというのは奇妙な行為に思えた。

「わたしは映画が好き。じつは女優になりたかったの」

ニコライは、なぜならなかったのかと訊きたくなった。充分女優になれる魅力を持っているからだ。だが、それを訊くと相手を悲しませるかもしれないと思ってやめておいた。

煙草を二本振り出して、両方ともくわえ、マッチを擦《す》って火をつけた。一本の先が赤く光ると、それをソランジュに渡す。

「いい感じ《フォルミダーブル》。ポール・ヘンリードが嫉妬《しっと》するわ（二本の煙草に火をつけて一本を女に渡す仕草は、一九四二年米映画『情熱の航路』でポール・ヘンリードがやって有名になった）」

何のことかわからない。ニコライは煙を吸いこみ、咳きこんだ。傷の縫い目が痛んだ。

咳がやむと、「煙草も久しぶりなんだ」と言った。

「そうみたいね」とソランジュは笑ったが、ニコライは全然腹が立たなかった。一緒に愉快なときを過ごしているという感じだ。しばらくしてニコライも笑うと、また少し痛みが走った。誰かと一緒に笑うのもずいぶん久しぶりだった。

ソランジュが彼の気分を読みとった。「いいわね、こういうの。あなたも笑って日を過ごしてきたわけじゃないみたい」

「たいていの人がそうだ」とニコライは応じた。

ソランジュはふたつのグラスにまたワインを注ぎ、自分のを持ちあげた。「より良き時代に」

「より良き時代に」

「煙草を覚えなくちゃね。フランスの男はみんな煙草喫《の》みだもの」

「子供のころ上海で、大人のを盗んで喫《す》ったことがある」とニコライは言った。「中国人は煙突なみだったな。煙草を喫っては唾《つば》を吐く」

「唾を吐くほうは省いていいかもしれない」

昼食のあと、ニコライは庭を歩いた。

本当にみごとな造りの庭だった。敷きつめられた砂利には海面の波紋を模した箒目《ほうきめ》がつけられている。〝海〟の真ん中に浮かんだ短い草と石から成る〝小島〟は日本の山々を表わしていた。植え込みの配置が絶妙で、小径を曲がるたびに新鮮な眺めが現われた。

これは人生そのものだ、とニコライは思った。

7

続く数週間は日課を愉しくこなした。

朝早く起き、庭に出て瞑想《めいそう》をする。それが終わると、ソランジュがカフェオレとクロワッサンひとつを用意している。慣れるのにしばらくかかったが、朝のパン食もいいものだと思えてきた。朝食のあとは話をし、ソランジュが発音を訂正したり、今時の俗語を教えたり。ありがたいことに、ソランジュは教師として有能だった。

時代遅れの言葉や、その場にそぐわない堅苦しい言いまわしがぽろりと出るだけで、命取りになりかねない。それがわかっているソランジュは、完璧を期して厳しく指導した。高い知能と優れた語学の才能をそなえたニコライに難しい試練を課した。ニコライは彼女の予想を超える成果をあげてみせた。プライドが彼をとびきり優秀な生徒にした。

昼食のあいだも会話をし、そのあとニコライはまた庭を歩いた。彼にはひとりの時間が必要なのを知っているので、ソランジュは誘われても散歩に付き合わず、夕食の支度《したく》にかかるまでのあいだ休息をとった。散歩のあと、ニコライはソランジュと一緒にモンペリエの地図や、カフェやレストランなど地元の人間が知っている場所の写真を見て街の知識を仕入れた。ソランジュは、サン・タンヌ広場とはどんなところか、そこに立つ市でいちばん美味しい桃を売るのは誰か、値段のわりに品質のいいワインが買える店はどこか、といった問題を出した。

午後の学習がすむと、ニコライは自室にさがって休憩をとり、自習をし、風呂に入った。浴槽に熱い湯を溜める日本式の風呂だった。火傷《やけど》をしそうなほど熱い湯からあがると、心身ともに爽快になっていた。服を着て、夕食をとる。夕食はいつもフランス料理で、いつも最高の味だった。食後はコーヒーとコニャックを愉しみながら雑談をしたり、ラジオを聴いたりする。それからソランジュは寝室にさがる。

ニコライは道着に着替え、庭で夜の儀式を行なう。初めのころ、ソランジュは自室の窓のブラインドのすきまから、武術のある複雑な〝型〟の練習を覗き見たものだった。それは、〈裸‐殺〉という術の型だ。一見、踊りのように見えた。が、幾夜か見ているうちに、ニコライが四方八方から襲いくる何人もの敵と戦っているのがわかってきた。〝踊り〟と見えるものは、防御とそれに続く必殺の攻撃だった。踊りだとすれば、死の踊りなのだ。

ニコライにはこれがとても愉しかった。石庭での練習は喜びをもたらし、精神を落ち着かせてくれた。任務を無事果たして生還するには、技の錆落《さび》としをする必要があることもも本能的にわかっていた。もっとも標的が誰であるのかは、まだハヴァフォードから聞かされていないのだが。

というわけで、ニコライは明確な目的をもって練習に励んだ。この数年間、拘置所の独房で腕立て伏せや腹筋運動をした以外はほとんど身体を動かさなかったにもかかわらず、心身がよく反応してくれるのは嬉しかった。〈裸 - 殺〉の複雑かつ微妙な動きの勘がだんだん戻ってきた。

〈裸 - 殺〉の術を学びはじめたのは、東京へ来て二年目のことだった。空手――それは〝素手〟という意味だが――その純化した形の技を、ある日本人の武術家から習ったのだ。最初その武術家は、ひと目で外国人とわかる若者に日本古来の秘術を教えようとはしなかった。ニコライは毎晩、道場の隅で正座をして見学した。やがて武術家が根負けをして、突きをひとつ教えてくれ、それをきっかけに修行が始まったのだった。

〈裸 - 殺〉の要諦は、〈気〉の運用にある。〈気〉とは人間の内なる生命力であり、呼吸の統御により生まれ、下腹部から全身の血管、筋肉、神経に流れる。〈裸 - 殺〉の、とりわけ至近距離で発揮される必殺力は、〈気〉の作用なのだ。

もうひとつ必要なのは、突然攻撃を受けたときも平静を保つ能力と、凶器として使える物を見つける独創力だ。

ふたたび修練を始めた今、最初の数夜はひどくぶざまな動きしかできず、それを滑稽《こっけい》だと自分で笑えなかったなら気が滅入っていただろう。だが敏捷《びんしょう》さと力強さがみるみる戻ってきて、ある程度の技量と優雅さを回復した。師匠はときに竹の棒でニコライの背中を打って活を入れながら、襲いかかってくる敵を思い描けと教えたものだが、ニコライは今それをした。庭で前後に足を送りながら、長い〝型〟を何度も何度もくり返す。終わったときには道着がぐっしょり汗で濡れている。それからすばやく風呂を浴び、ベッドに倒れこむと、すとんと眠りに落ちた。

滞在二週間目の朝、ソランジュがだしぬけに、「今日は記念すべき日よ、ニコライ」と言った。

「というと?」

「言ってみれば、ベールを剝《は》ぐ日」

「ベールというのは……」

「もちろん、あなたのベール。顔の包帯よ」

医者のもとへは週に一度通っていた。包帯は大柄なアイルランド人女性看護師が、あまり優しくない手つきで換えてくれたが、完全に傷が癒《い》えるまでは鏡のない部屋でそれをした。だから造り変えられた顔を見るのは今日が初めてになるのだった。

ニコライは緊張や不安をおもてに表わさなかった。今日は写真展か映画でも観にいくと告げられたかのように、ソランジュの言葉を受けとめた。まるで他人事《ひとごと》のようだった。わたしなら動揺するわ、とソランジュは思った。なのにこの人は、三月の朝のように穏やかで、風のない日の湖のようにさざ波ひとつ立てない。

「お医者からはわたしがはずしてもいいと言われているの」

「今すぐ？」

「そのほうがよかったら」

ニコライは肩をすくめた。包帯をはずせるのは嬉しいが、自分の新しい顔にさして興味はない。数年間の独房暮らしのあいだは、自分の外見などどうでもよかった。相手は看守だけだったからだ。

だが、不意に不安が兆した。意外で、不愉快な反応だった。自分がどう見えるかが、気になってきたのだ。原因は、ソランジュだった。

彼女にどう思われるかが気になるのか。ニコライは自分自身に驚いた。包帯をはずしたとき、まだ顔が醜かったら彼女がどう思うかを気にしている。まだそんな感情が残っていたとは。

すばらしい、とニコライは胸中でつぶやいた。

「今すぐでかまわない」

ふたりはバスルームに入った。ニコライは鏡の前でスツールに腰かけた。うしろにソランジュが立ち、そっと包帯をほどく。

美しい。

ほかに言い表わしようがない、とソランジュは思った。美しい男だ。エメラルド色の目が、シャープな高い頬骨に映えている。顎の線は優美だが力強く、顎のえくぼが可愛らしいが女性的には見えない。すでに尋常ならざる人生経験を経ている二十六歳の男だが、印象はそれよりはるかに若々しかった。

「医学の勝利ね」とソランジュは言った。「どう、満足？」

ほっとしたよ、と、ソランジュの微笑みを見てニコライは思った。悲惨な結果でも彼女は笑顔をつくっただろうが、医者の技量のおかげでふたりとも気まずい状況を免《まぬが》れた。ニコライは言った。「なんだか自分の顔のような気がしない」

「とてもハンサムよ」

「そう思うかい？」

「まあ、褒《ほ》め言葉を言わせようとしているのね。ええ、そう思うわ。とってもハンサム。わたし、自分が急に老けた気がしてきた」

「きみは美しいよ。知っているはずだ」

「でも、色香が褪《あ》せつつある。わたしもそのお医者さまにかかろうかしら……」

8

その日の午後、ハヴァフォードがやってきた。

新商品の見本を検品するようにニコライの顔を見て、合格の判定をくだした。「みごとなできばえだ」

「お気に召してよかった」とニコライは言った。

ふたりはダイニング・ルームで話をした。ハヴァフォードがテーブルの上でファイルを広げ、前置き抜きで説明を始めた。「きみはミシェル・ギベール、二十六歳、フランスのモンペリエ生まれだ。十歳のとき、一家が香港へ移住。父親は輸出入業を営んだ。香港が日本軍に占領されたときも、一家は無事だった。出身地モンペリエはヴィシー政権の支配地域にあり、親枢軸国派とみなされたからだ。戦争が終わるころにはきみ自身も家業に携わる年齢になっていた」

「家業というのは？」

「武器商人だ。ギベール一族は、大砲とマスケット銃の時代から武器の闇市場で生計を立てきた」

「そのギベール一族は実在するのかな。それとも純然たる架空の存在？」

「今言った父親は実在する」とハヴァフォードは答えた。

「彼には息子はいるのかな」

「いた」

ハヴァフォードは数枚の写真を並べた。中国風の家の中庭で愉しげに遊んだり、料理の手伝いをしたり、誕生祝いのケーキを笑顔で見おろしている子供は、幼いころのニコライと言ってもおかしくなかった。「悲しいことに、ミシェルは自動車事故に遭った。顔にひどい損傷を受けたようだ。大がかりな整形手術が必要だった。今はだいたい元の外見を取り戻しているという」

「あんたたちがその事故を仕組んだのか」とニコライ。

「そうじゃない。まったく。きみはわれわれを悪魔か何かだと思っているのか」

「ふうむ、どうかな……で、母親は？」

「つい最近亡くなった。それできみは打ちのめされた」

「あんたの話には驚くというか、呆れるというか」

「きみは精神的にかなり成熟した」とハヴァフォードは続ける。「以前のきみは賭博と女遊びにうつつを抜かし、三年前に父親からいわば追放されてフランスに帰った。そしてモナコで一族のお金をうんとすってしまい、さすがに自分の放蕩《ほうとう》を後悔したから、償《つぐな》いのために香港へ帰ってきたんだ」

「どうやって償う気だろう」

「それはまだ知らなくていい。まずはファイルをよく読んでくれ。ソランジュに問題を出してもらって細かいところを覚えるといい。新しい過去を完璧に把握したら、新しい未来について説明する」

わが〝新しい未来〟、とニコライは思った。いかにもアメリカ的な発想だ。その無邪気な楽観主義。〝古い未来〟と切り離された〝新しい未来〟を想像できるのはアメリカ人だけだ。

「それじゃ写真撮影といこうか」とハヴァフォードが言った。

「なぜ写真を？」

ミシェル・ギベールのファイルをつくるためだ、とハヴァフォードは答えた。今の時代に武器取引をすれば、各国の主要な諜報機関が必ず情報ファイルをつくる。写真はＣＩＡ、フランス情報部、ＭＩ６のファイルに収められ、二重スパイを通じて中国に流される。そして今、共産主義政府が調べている国民党の古いファイルの中に入れられる。これから撮る写真をもとに、〝研究所の魔術師たち〟が九龍の街角やモナコのカジノやマルセイユの港にいるミシェル・ギベールの写真をつくってくれるのだ。

「写真ができあがれば、きみ自身も自分がミシェル・ギベールで、戦争中は香港で過ごしたと信じるようになるよ。今からきみには〝ニコライ〟ではなく〝ミシェル〟という名前にだけ反応してもらう。いいかな、ミシェル？」

「ちょっと難しいようだが、なんとかやれそうだ」

ソランジュが部屋に戻ってきて、衣服を椅子の背にかけた。「あなたの新しいワードローブよ、ミシェル。とてもシック《トレ・シック》だわ」

また部屋を出て、追加の服を持ってきた。

ニコライはそれらを検分した。どれも古着のようだ。当然だ、理にかなっている。他人になりすますということは、他人の服に身を包むことだ。それなら新品ではなく古着でなければならない。ラベルを見ると、古い服の中には九龍の洋服屋で仕立てたものもあるが、大半はフランス製、それもマルセイユの高級そうな店の名前が多い。数枚のシャツと背広のうち二着はモナコ。どれも高価で、シルクやコットンの軽い布地でできていた。薄茶色の綿ズボンも数本ある。もちろん折り目のついたものだ。ミシェルは白や薄茶色の綿の背広に鮮やかな色のシャツを合わせ、ネクタイは締めないというスタイルがお気に入りのようだ。

服には汗や煙草やオーデコロンの匂いが染《し》みついていた。ハヴァフォードというのは妙に癪《しゃく》にさわる男だが、やることが徹底していることは認めなければならない。

ソランジュがさらに服を持ってきた。人さし指を唇にあて、衣装の数々とニコライを見比べる。「最初の撮影には何がいいかしら。舞台は香港よね」仮装大会に真剣に取り組むソランジュはとても魅力的だった。シャツを一枚とりあげ、また戻し、別の一枚を選んだ。それを背広の一着と合わせてみた。「これでどうかしら。うん《ウィ》、完璧《パルフェ》ね」

シャツと背広をニコライに渡して着替えるよう命じた。寝室でミシェルになり、戻ってくると、ハヴァフォードがカメラの準備を終えていた。〝戸外で撮影したぼやけた感じ〟を出すために庭に出た。こういう手順を何度も反復させられ、ニコライには苦痛なまでに退屈な午後だった。だがソランジュはミシェルの衣装選びを大いに愉しんでいた。

「もうまいったよ」ハヴァフォードが帰ると、ニコライは言った。

「面白かったわ。ファッションは大好き。ミシェルはセンスがいいと思わない？」

「全部きみが選んだんだろう」

「もちろん。あなたが流行遅れの服を着せられるのを見たくないもの」

夕食はエストラゴン風味の鶏の胸肉、サヤインゲンのプロヴァンス風サラダ、デザートは梨のタルトのアーモンドクリーム添え、それに必須のエスプレッソ、コニャック、煙草。それがすむと、ニコライはギベールのファイルを研究した。質量ともに圧倒的な虚構が構築されていたが、さして苦労もせず、役立つかもしれない瑣末《さまつ》な事柄を暗記していった。モンペリエの行きつけの煙草屋《タバ》、父親のお気に入りのウィスキー、母親の旧姓、などなど。

細かな知識を詰めこんだあとは、道着に着替え、庭に出て型の練習をし、風呂に入り、床についた。

9

〈近接感覚〉が、ニコライを目醒めさせた。

拘置所での数年間に、ニコライはほかの生物の接近を察知する、ほとんど超感覚的な知覚能力を身につけた。その生物までの距離と接近してくる角度をレーダーのように探知する能力だ。

今、部屋に誰かいる。

一秒間で、ニコライの頭脳はさまざまな可能性を検討し、枕もとの小卓に置かれた一輪挿《ざ》しが最も手近な武器だと判断した。シャネルの五番の香りがし、彼女の気配が感じとれた。鎧戸《よろいど》から射し入る月明かりで、戸口に立つソランジュの姿が見えた。薄手の黒い化粧着は身体を隠すよりはあらわにしている。

「女なしの三年間は長かったでしょ」とソランジュが言った。「長すぎたと思うけど。違う？」

ベッドまでやってきて、口に、耳に、首筋に、胸にキスをした。ニコライの頭は香水の芳香で満たされた。ソランジュはさらに唇を胸より下へ滑らせてきた。口と長い優雅な指で甘美な戯れをしはじめると、ニコライは快楽で頭がくらくらした。まもなくあえぐような声で言った。「ソランジュ、やめてくれ。このままだと……やっぱりこれはよくない……その前に――」

ソランジュは動きをとめて、小さく笑った。「三年ぶりだもの。きっと回復も早いんじゃない?」と言って、また口と指の奉仕を始める。すぐにニコライは身体じゅうにとめられない波が走り抜けるのを感じた。背中が強力な和弓のように反《そ》る。ソランジュが唇をしっかり締めて受けとめていると、やがてニコライはふたたび身体をベッドに沈めた。

「すごい《トレ・フォール》」ソランジュが身体を滑りあがらせてきて、耳もとでささやいた。

「それは、三年ぶりだから……」

ソランジュは笑って彼の胸に頭をつけた。髪の毛が肌にすばらしい感触を与えた。ふたりでしばらく休んでいると、ニコライは自分が回復してくるのを感じた。「ほら、言ったとおり」ソランジュは手を下に伸ばしてしごきながら言った。「あなたに入ってきてほしいの」

「きみは……」

「濡れてるか?」ソランジュはニコライの手をとって確かめさせた。「ずっと濡れてたわ。何週間ものあいだ」

彼女が上になって身体をつないだ。

ニコライは上下に動くソランジュを眺めながら、その完璧な美しさが信じられなかった。青い瞳が興奮に輝き、長い首が細かな汗の玉を散らし、ふっくらした唇に悦びの微笑みを浮かべている。両手を差しあげて、重みのある乳房を愛撫した。これまでに知った日本人女性の小ぶりの乳房とはまったく違っていた。ソランジュが快楽のうめきを漏らした。その愛らしさと、熱く濡れた芯《しん》が、ニコライを快感で包みこんだ。ニコライは彼女の腰を両手でつかみ、身体をあおむけにして、自分が上になった。喉《のど》に唇を押しあて、彼女の身体を着実に、飽くことなく、あわてずに、突きつづけた。

興奮が高まるにつれて、ソランジュは喉を鳴らすように低く声をあげ、フランス語の卑《ひ》猥《わい》な言葉でニコライを鼓舞し、長い爪を彼の尻に突き立てて、みずから激しく腰を使った。ふたりの汗が混じり、身体がつるつる滑り合う。やがてソランジュが小さな死《プティット・モール》（オルガスム）を迎え、腰をベッドから浮かせて、ニコライを自分の中でしっかりとらえて、「身体じゅうが光る《ヴ・ム・スェツト・ブリエ》。ああもうだめ《ヴ・ム・フェット・ジュイール》。一緒にいって。今すぐ」

その声と言葉が刺激となり、ニコライは限界を越えて、自分を引き戻せなくなり、ソランジュの中に自分自身を注ぎこんだ。彼女の上に身体を落とすと、乳房がつぶれる感触が伝わった。ふたりとも長いあいだじっと動かなかったが、やがてソランジュが言った。

「煙草を一服なんて、やっぱり陳腐よね」

ニコライは身体を起こして煙草を見つけると、二本くわえて火をつけ、一本をソランジュに渡した。

この日から、愛し合う時間が日課に加わったが、営みは日課というような単調なものではなかった。

ソランジュは寝室での衣装に凝った。下着については無尽蔵のコレクションがあるようで、ニコライの目の前で官能的なファッションショーをした。ニコライもそれを見るのが嫌ではなかった。ソランジュは装いに合わせて髪型や化粧や香水を変えた。趣味はとびきりよく、大胆にエロチックだが、卑猥への一線を越えず、つねに小粋で、露骨ではない。ベッドでの趣味も変化に富み、ニコライに身体のあらゆる部分を与え、享受されることに歓喜を覚えた。食卓では上品だが、ベッドではいっさいの気取りがなかった。

「きみは船乗りみたいな口をきくね」とニコライはある夜、咎《とが》めるでもなく言った。

「でもわたしの口は好きでしょ?」ソランジュはそう言って、そのとおりであることをニコライに実地に確認させた。だがニコライは彼女の口だけでなく、手も、指も、〝隠しどころ《クラムイユ》〟または〝薔薇の花《ローズ》〟も、好きだった。すぐに彼女を愛していることを自覚した。ある夜、とりわけ激しく愛を交わしたあとで、ソランジュが例によって煙草を喫《す》いながら言った。「気を悪くしないでほしいけど、ミシェル、あなたは日本人のような愛し方をするわ」

ニコライはちょっとびっくりしたが、気を悪くするよりは好奇心のほうを刺激された。

「それはよくないことなのかな」

「ううん、そうじゃない」とソランジュは急いで答えた。「よくないというのじゃなくて、フランス人とは……違うのよ。その……どう言ったらいいか《コマン・ヴ・ディット》……ちょっと〝技術的〟すぎるというのかしら。フランス人ならもっと官能的なやり方で《デュヌ・マニエール・プリュ・サンシュエル》、技術よりも音楽を重視して、愛さなくちゃいけないわ」

悲しいことに、ソランジュは、ニコライがもうすぐアメリカ人たちのために仕事をしにいくことを知っていた。男である以上、ニコライには性欲があり、おそらくは娼婦でそれを満たすことになるだろう。概しておしゃべりな娼婦たちに、日本人のようなセックスをするフランス人がいると噂されるのはまずい。

「これも訓練の一部なのか」ニコライはぐっとソランジュを睨《にら》みながら訊いた。傷ついたような表情だった。「きみは要するに訓練の材料なのか」

「あなたの外見はまだどことなく少年っぽいけれど」ソランジュは恥じて目を伏せることはせず、まっすぐニコライの目を見返した。「うぶな言動は似合わないわ。今、あなたはわたしにアメリカ人に雇われた娼婦なのかと訊いたのね？　それなら答えるけど、わたしたちはふたりともアメリカ人に雇われた娼婦なのよ。わたしは彼らのためにセックスをする。あなたは人を殺す。そんなむっとした顔をしないで。わたしはあなたと寝るのが大好きよ。あなたはわたしを輝かせてくれる《ヴ・ム・フェット・ブリエ》。わたしがそう言うのをいつも聞いているでしょ？」

ニコライは親しい間柄で使う〝あなた《テュ》〟ではない〝あなた《ヴ》〟という言葉を聞いて、彼女はふたりの関係を仕事上のものとしか考えていないのかと訝《いぶか》った。

いずれにせよ、ソランジュはニコライに、フランス人男性らしい愛し方を教えたのだった。

10

二日後の夜、ニコライの殺害が試みられた。

難しい〈破竹虎〉の型を復習《さら》っているとき、〈近接感覚〉がニコライに、庭に誰かいると告げた。第一の暗殺者は黒ずくめで右手に凶々《まがまが》しい短剣を持ち、目の前の塀《へい》から飛びおりてきた。暗殺者の視線はニコライの肩の少し上に向けられている。つまり背後から第二の暗殺者が近づいているということだ。

短剣が予想どおりのところへ低く突き出されてきた。ニコライは猫足立ちになり、右手を低く横薙《よこな》ぎにして短剣を身体から遠ざけた。前に踏みこみ、相手の道着の襟《えり》をつかんでぐいと引きさげ、片足を軸に回転して、相手の頭を塀に叩きつける。首の骨が折れる音がしたが、確かめることなく、第二の暗殺者が頭に振りおろしてくる手斧をよけた。ニコライは前に出て、〈虎爪《こそう》〉の形にした左手で相手の目を、右手で股間を引っかいた。左手をすばやくおろし、相手の手斧を持った側の肘《ひじ》をきめ、爪先立ちに伸びあがる。きめた腕が乾いた木のように折れ、手斧が落ちた。ニコライはくるりと身体を回転させて相手に背中を向け、みぞおちに肘打ちをくれた。折れた腕を放し、また身体を回転させて、頸動脈《けいどうみゃく》を手刀《しゅとう》で打つ。

第二の暗殺者も倒れた。

ニコライは第二の暗殺者の脇にしゃがみ、脈をとって、くそっとつぶやいた。強く打ちすぎたようだ。打撃の程度を正確に測れるところまで技量が戻っていない。男は死んだ。誰に何の理由で送りこまれたか訊きたかったのだが。

まだぎこちない、とニコライは独りごちた。ぎこちなく、不正確だ。

もっと腕をあげなければ。

家に入って、ハヴァフォードから聞いている緊急用の電話番号をダイヤルした。電話口に出たハヴァフォードに、ニコライは言った。「庭に死体がふたつ転がっている。あんたは引き取りたいんじゃないかな」

「家の中にいてくれ。すぐに〈清掃班〉を行かせる」

ニコライは受話器を置いた。ソランジュが戸口に立ち、こちらを見ていた。シンプルな白いシルクのローブを着て、幅広のベルトを蝶々結《ちょうちょう》びにしていた。早くほどいてほしいといわんばかりに。右手に持った料理包丁がものの高さにある。燃えている美しい緑色の目。ニコライには彼女がこれから人を殺そうとしているように見えた。

「大丈夫？」とソランジュが訊いた。

「大丈夫だ。ちょっと息を切らしているけど」何の感情も湧かないのが不思議だった。おそらくアドレナリンがまだ引かず、死にかけたことと人をふたり殺したことから起こる感情を消しているのだろう。

ニコライはソランジュの手の包丁を見た。「それを使うつもりだったのかい」

「ええ、必要なら。相手は死んだの？」

「ああ」

「確かなのね」

「確かだ」

ソランジュはキッチンに戻り、ずんぐりしたグラスふたつにウィスキーを注いで持ってきた。「あなたはどうか知らないけど、わたしは飲まずにはいられない」

ニコライは片方のグラスを受けとり、一気に飲みほした。思っていた以上に動揺しているのかもしれない。

「ちょっと震えているのね」

「人殺しに慣れていないんだ」

それは本当だった。岸川将軍を殺したのは敬愛の心からだった。西洋人には理解しにくいことだろう。慈悲の行為としての殺人を経験しているからといって、送りこまれてきたふたりのプロの暗殺者を平然と殺せるわけがない。あのふたりも人間なのだ。アドレナリンが引いてくるにつれて、高揚と後悔という相反するふたつの感情が生まれた。

ソランジュはわかるというようにうなずいた。

〈清掃班〉は、ニコライとソランジュが二杯目を飲み終えないうちにやってきた。ハヴァフォードが、ジーンズに裾《すそ》を外に出したシャツという彼らしくない服装で、キッチンに入ってきた。「大丈夫か」

「大丈夫だ」とニコライは答えた。

「いったい何があった」

ニコライは襲撃のことを話した。反撃の詳細は省いて、ふたり目の男を殺したのが残念だと言った。〈清掃班〉が外で作業をする音が小さく聞こえていた。ふたりの男を運び出し、血の始末をし、小径《こみち》の乱れた砂利をきれいにならした。まるで何も起こらなかったかのように。

〈清掃班〉のチーフがやってきて、ハヴァフォードに何事か耳打ちし、出ていった。

「ふたりとも日本人だった」とハヴァフォードが言った。

ニコライはかぶりを振る。「中国人だよ。少なくとも中国人に雇われた人間だ」

ハヴァフォードは好奇の目でニコライを見た。

「日本人は手斧を使わない」とニコライは説明した。「だが中国人は使う。とくに秘密結社の連中が。それに日本人の殺し屋ならそうたやすく〈壁に絵を描く怒れる僧侶〉の技にやられないはずだ。中国にいる誰かがわたし、またはギベールに、死んでもらいたがっている」

「調べてみよう」とハヴァフォードは言った。「この家の周辺の警備も強化するよ」

「それはやめてほしい。警備を強化すれば目立つだけだ。面白い問題は、わたしがここにいるのをどうして知ったかだな」

ハヴァフォードは眉をひそめる。ニコライは彼の当惑を愉しんだ。この男の自信の壁にひびが入るのを見られたのだから、殺されかけた甲斐《かい》があったというものだ。ハヴァフォードは言った。「きみをよそへ移したほうがいいかもしれない」

「よしてくれ」とニコライ。「ここは居心地がいいし、実際のところ、それほど危険はないんだ。暗殺者が日本人なら、成功するまで何度でもやってくるだろう。でも中国人の考え方は違う。一度失敗した戦略は使わない。わたしはここにいるかぎり安全だ」

ハヴァフォードはうなずいた。「わたしにもスコッチをもらえるかな」

ハヴァフォードと〈清掃班〉が帰ると、ニコライとソランジュはベッドに入ったが、セックスはしなかった。今夜の出来事のあとでは、そんな気にはなれない。長いあいだ黙って横になっていたが、やがてニコライが口を開いた。「悪かった。赦《ゆる》してほしい」

「何が悪かったの?」

「この家で血腥《ちなまぐさ》いことを起こしてしまった」

ニコライの若々しい顔に恥辱の色が読みとれた。今夜の殺人を機に、彼の青年時代が終わったのだ。魂のあるまともな人間なら人を殺《あや》めたことに嫌悪を覚えて当然だ。彼の苦痛は取り除いてあげられない。できるのはそれを分かち合って、あなたは怪物じゃない、不完全な世界で一生懸命生きようとしている不完全な人間なのだと言ってあげることだけだ。

「わたしが今まで血腥いことを見たことがないとでも思っている？」

ソランジュはそう言ってニコライの胸に頭をつけ、ニコライに両腕で抱かれて、身の上話をしはじめた。

ソランジュは近所で評判の可愛い女の子だった。幼いころから美しい肌と目と髪と整った顔立ちが称賛の的だった。成長するにつれて、同じ地区に住む男の子たちは恥ずかしそうにちらちら彼女を見たが、よその男たちはあまり礼儀正しくなく、露骨な言葉で彼女への欲望を口にしたものだった。

母親は娘の純潔を懸命に守った。修道女たちのもとでキリスト教の教えにもとづいた教育を受けさせ、日曜日や神聖な祝日には必ず教会に連れていった。とりわけ母親は品のいい服や新しい靴はどういうお金で買っているかを娘に知られまいと心を砕いた。

小遣いに余裕があるとき、ソランジュは映画館に行った。居心地のいい涼しい暗がりの中で坐り、銀幕の上にひろがる空想の世界に身を浸しながら、いつか自分も女優になりたいと夢見た。

あなたならきっと女優になれる、それくらいきれいな娘だと誰もが言った。

でも母親は反対だった。女優なんてほとんど娼婦と同じだと言うのだった。

ソランジュは男子校との合同舞踏会でルイと出会った。ルイを素敵な男の子だと思い、胸が痛くなるほどだった。すらりとした長身、波打つ茶色い髪、温かみのある茶色の目、頭がよくて魅力たっぷり。街の有名な医者の息子で、家はかなり裕福だが、彼自身は熱心な共産主義者だった。

ルイはソランジュにも熱をあげていた。彼女のことを大事にしたが、川や運河の岸の木陰で並んで坐っているときや、映画を観ているときや、まれに両親とも留守の自宅で一緒に過ごしているときや、彼女のアパルトマンに遊びにきて母親が〝外出中〟のときなどには迫ってくることもあった。

母親は娘が大変な美人になったことに恐怖を覚えた。誇らしいけれども、恐かったのだ。だから、男は油断ならないと口うるさく言って聞かせた。「みんな身体だけが目的なの。あなたの大事なルイだって同じよ。誘惑に負けちゃだめ。結婚しないで男と寝るのは商売女だけよ」

ある夜、ルイと散歩をしていて、ある四階建ての大きな建物の前を通った。

「ここって何なの」とソランジュは訊いた。

「売春宿だよ」とルイが答えたちょうどそのとき、ドアが開いて、ソランジュの母親が出てきた。黒い髪は乱れ、唇は腫《は》れぼったかった。煙草に火をつけて、ちょっと顔の向きを変えたとき、じっと見つめているソランジュと目が合った。

「うちへお帰り」と母親は割れた声で言った。「お願い。うちに帰って」

だが、ソランジュは衝撃のあまり立ちつくしていた。

ようやくルイが彼女の腕をとって、その場から連れ去った。


その年の終わりごろ、連合国軍が北アフリカに上陸すると、ドイツは南仏も支配下に収めた。モンペリエもドイツ軍に占領され、フランスの警察はユダヤ人狩りに手を貸した。レジスタンスが組織され、ドイツの秘密国家警察《ゲシュタポ》が摘発に乗り出した。

モンペリエのゲシュタポの長は、ホーガー大佐といった。ある日、陽射しを愉しもうと本部建物から出てきたホーガーは、ソランジュの美しさも愉しむことになった。

「あの娘を見てみろ」とホーガーは部下の大尉に言った。「歳はいくつくらいだと思う」

「十六、七ですかね」

「あの顔。あの身体。どういう娘か調べてこい」

「まだ子供ですが」

「よく見てみろ。もうすっかり熟れてる」

マダム・セットの娼館はドイツ占領軍指定の売春宿になり、マダムはたちまち裕福になった。

ソランジュはすでに母親の職業に慣れていた。最初は耐えがたいことも、時とともに気にならなくなるという悲しい教訓を学んだのだ。母親とはよそよそしいながらも普通の関係を保っていた。母親のマリーはもう隠し事をしなくてすむことにほっとしているふしもあった。ソランジュはときどきマダム・セットの娼館に出かけるようにもなった。母親に食べ物や忘れ物の口紅などを届けたりするためだった。娼婦たちはソランジュを〝お澄ましちゃん〟と呼んだが、やがていくらか親しみをこめてそう呼ぶようになった。マダムが顔を合わせるたびに、うちでうんとお金を稼ぐ気はないかと持ちかけてくるのが煩《わずら》わしかった。

もちろん、ソランジュはいつも断わった。

ルイに惹《ひ》かれる気持ちがますます強くなっていた。ふたりは余暇をほとんどいつも一緒に過ごした。ルイはモンペリエの伝統ある医学校での勉強が忙しかったにもかかわらず。

ルイはレジスタンスの活動でも忙しかった。ファシズムが日常を支配するようになった今、共産主義への情熱はいっそう強くなっていた。最初は伝令役を務め、自転車で街じゅうを走りまわり、医学書にはさんだ暗号通信文を届けるだけだったが、まもなく指導者たちから知性と勇気を買われて、もっと責任の重い任務を与えられるようになった。

それとともに危険も増し、ソランジュは恐くてならなかった。ゲシュタポ本部の地下に拷問室があることを知っていたし、銃殺隊のことも聞いていた。捕らえたレジスタンス闘士を処刑するために急遽《きゅうきょ》つくられた処刑台は見ないようにした。ルイにくれぐれも気をつけてほしいと懇願した。

もちろん、ルイは気をつけると約束したが、危険に興奮してもいた。任務から戻ったときには生の高揚感が極限にまで達していた。ルイは存分に生きることを望んでいた。それには愛してやまない美しい娘とひとつになりたいという欲求も含まれていた。

だが、ソランジュは拒んだ。

「わたしはお母さんのようにはなりたくない」

ソランジュは風邪《かぜ》ぎみの母親のところへ、熱いスープを注いだ錫《すず》のカップを持っていった。娼館の広間にはホーガー大佐が坐っていた。酒で赤らんだ顔をソランジュのほうに向けて、驚きと喜びをあらわにした。「きみはここで働いているのか」

「いいえ」

「それは残念だ」ホーガーはソランジュを好色な目でゆっくりと上下に見た。欲望をむき出しにした目つきだった。「きみには名前があるのか」

「あります」

ホーガーの口調が鋭くなった。「何という名だね」

「ソランジュです」

「ソランジュか」ホーガーは少女の身体を味わう前の前菜だというように名前の響きを味わった。「可愛い娘には可愛い名前が似合うな」

その三日後、ホーガーは直談判《じかだんぱん》を試みた。外で待っていて、広場を渡ってくるソランジュを見ると、近づいていった。

「やあ、マドモアゼル」

「こんにちは、ムッシュー」

「道に何か面白いものがあるのかな」

「いいえ」

「それならわたしのほうを向いてくれ」

ソランジュはホーガーの顔を見あげた。

ホーガーは娼館での非礼をわびて、率直な申し出をした。〝礼節をわきまえた〟申し出だと言った。きみを娼婦として扱うのではなく、愛人になってもらう。きみにふさわしいアパルトマンを用意して、洋服やそのほかの贅沢品《ぜいたくひん》を買うための手当を出して、ときどきかなり気前のいい贈り物をする。そのかわりきみは……まあ、何をすればいいのかはわかるだろう。そんなことを詳しく話すまでもあるまい？

ソランジュはホーガーの顔に平手打ちをくらわせた。

子供のとき以来、平手打ちなどくらったことのないホーガーは、周囲を見まわして誰にも気づかれなかったかどうか確かめた。「何という無礼な娘だ」

「あなたはどうなんです。十七歳の女の子にそんなふしだらな申し込みをするなんて」

「もう行っていい」

「さよなら《ボナプレ・ミディ》」

「さようなら《ボナプレ・ミディ》」

家に帰りついてから、急に恐怖がこみあげてきた。たっぷり十分ほど震えたあと、お茶を淹《い》れて、キッチンのテーブルで気持ちを落ち着かせた。ルイがやってきたが、何も話さなかった。無謀な騎士道精神を発揮されるのが恐かった。

その二日後、ルイは逮捕された。

「その一週間はまるでゾラの小説だったわ」と、今、ニコライの腕枕で横になっているソランジュは言った。「中でもうんと悲惨な小説」

自己憐憫《れんびん》を含めまいとする皮肉っぽい言い方だったが、その声の奥深くに隠された傷心をニコライは聞きとった。ソランジュは話を続けた。

ルイは自転車で移動中に職務質問を受け、解剖学の本にはさんだ暗号通信文を見つけられて、現行犯逮捕されたのだった。ゲシュタポ本部の留置場に入れられ、ホーガーから尋問を受けた。青年の美貌はみるみる損なわれた。不幸にもルイは気骨のある男で、仲間に忠実で、レジスタンス運動に身も心も捧げていて、誰の名前も明かさなかった。

ソランジュはルイの逮捕をその日の午後に知った。自分の部屋に入ってひとしきり泣いたあと、顔を洗い、髪をとかして、いちばんきれいな服を着た。鏡を見て、ブラウスの上のボタンふたつをはずして胸もとを開いた。母親の寝室の鏡台で、娼婦たちを真似て化粧をした。

それからゲシュタポの本部へ行き、ホーガー大佐に面会を求めた。

執務室に案内されたソランジュは、机の前に立ち、ホーガーの目を真正面から見据えた。

「ルイ・デュシェーヌを釈放してくれたら、あなたのものになります。今すぐでも、いつでも、どんなやり方でも、あなたの言いなりになります」

ホーガーはソランジュを見て目をしばたたいた。

ソランジュは言った。「わたしが欲しいんでしょう」

ホーガーは笑いだした。

肉厚の頬に涙が流れるまで笑ったあとで、ポケットからハンカチを出し、目もとを拭いてから腰をあげた。「さあここから出ていけ。まったくたいしたタマだよ。おまえの初物をいただくだけのために、わたしが祖国を裏切って、わが身を危うくすると思うのか」

ソランジュは踏みとどまった。「彼に会わせてもらえますか」

「ああ、会わせてやる」とホーガーは答えた。「やつが吊るされるところを見せてやる。木曜日の正午だ」


広場の五本の縄をぶらさげた絞首台のまわりには、陰鬱に押し黙った人だかりができていた。ドイツ軍のトラックがやってきて停止した。兵士たちが後部荷台から飛びおり、五人の囚人をおろした。みな死刑を言い渡された男たちだった。

ルイは最後におろされた。

ロマン主義的な高揚も、英雄的な悲壮感もなかった。ルイはひどく痛めつけられ、ぐったりしていた。後ろ手に縛られて、絞首台まで引っ立てられてきた。血に染まった白いシャツと汚れた茶色いズボンという恰好で立ち、朦朧《もうろう》とした目を人垣のほうへさまよわせてきた。わたしを探しているのだろうか、とソランジュは思った。

心も身体も、全部彼にあげればよかった。完全な形で彼を愛するべきだった。彼をわたしの中へ迎え入れて、しっかり抱きしめて、離さなければよかった。

兵士のひとりが囚人の列のほうへやってきた。最後にルイの番になり、頭を邪険《じゃけん》にぐいと引きあげ、首に輪縄をかけたあと、足もとにしゃがんで両方の足首を縛った。ホーガー大佐の命令で、囚人たちは頭に布をかぶせられなかった。

ルイは怯《おび》えているように見えた。

ほかの兵士たちが絞首台と群衆のあいだに列をつくった。誰かが台にあがって囚人の脚を引っぱり、首の骨を折って苦悶を減らすことがないよう警戒するためだった。

ソランジュはしっかり見届けることを自分に強いた。

将校が命令の声をあげた。

金属と木が割れるような音がして、ルイの身体が落ちた。

首がぐいと動き、身体が反動ではねあがった。次いで吊るされた状態で身悶《みもだ》えし、両足を蹴った。目が飛び出し、舌が猥褻《わいせつ》な形で口からはみ出て、顔が真っ赤になり、次いで青くなった。

ようやく——永遠のときが流れたように思えたあとで——ルイは動きをとめた。

ソランジュは群衆の中から歩み去りかけた。

ひとりの男の声が聞こえた。「あいつは英雄だった」

「え？」

声の主は、ルイの友達だった鉄道の機関士パトリス・レノーだった。パトリスは歩きつづけながら「あいつは英雄だった。あんたのルイは」とくり返した。

わたしのルイ、とソランジュは考えた。わたしのものになっていたらどんなによかっただろう。

その夜、ソランジュは娼館へ行き、マダム・セットの小さな事務室に入っていった。

「仕事を始める気になったわ」

マダムは疑わしげな顔でソランジュを見た。「急にどうしたの？」

「急でなぜいけないの」とソランジュは応じた。「いずれそうなるなら今でも同じよ」

「お母さんが嫌がるよ」

実際、嫌がった。わめき、説教をし、泣いた。「あんたにはそんなことさせたくなかった。もっといい暮らしをしてもらいたかったのに」

わたしもそのつもりだったわ、とソランジュは思った。

だが、運命は別の選択をしたのだった。

マダム・セットはもちろん喜び、大がかりな催しを企画した。まる一週間かけて、ソランジュの処女を競《せ》りにかけるのだ。この娘ならうんと高く売れるにちがいない。

「あなたに半分あげるわわね」とマダムは約束した。「普通はそんなにあげないのよ」

「半分でいいわ」とソランジュは答えた。

お金はむだに使わないで、貯めておきなさいね、とマダムは助言した。銀行に貯金しながら、一生懸命働いたら、いつか何か小さなお店を持つことができるから。女は仕事を持って自分でお金を稼いでいくのがいいのよ。

「はい、マダム」

いよいよその夜がやってきた。娼館の広間にはドイツ軍将校が詰めかけた。フランス人の男たちのほとんどは初めから参加しようと思わなかったし、その気があった男たちもレジスタンスのメンバーから、死んだ英雄の恋人を買おうとする者は愉快な目に遭わないと脅された。

ソランジュは衣装選びをマダムに任せた。

選ばれたのはウェディングドレスを悪趣味に真似たような衣装で、半ば透ける白い布地は肌をあまり隠さず、白いレースのヘッドピースをつけた髪が柔らかく背中まで流れて輝き、処女性の印象を強めていた。化粧は薄く繊細にほどこされている。軽く引いたアイラインが素のままでも美しい目をより大きく見せ、淡い頬紅が若い花嫁にふさわしい恥じらうような赤みを添えているだけだった。

ソランジュは嫌悪を覚えた。

処女であることを医者にちゃんと鑑定してもらおうとマダムが言い張ったときも、結婚式の真似事みたいな衣装を着せられたときも、〝婚姻の間〟に坐らされたときも、広間に出ると男たちがしんと静まり返って情欲に息を呑んだときも、嫌悪を覚えた。マダムが競りを始め、男たちがウェディングドレスの下にあるものを手に入れようと大金をはたく意思を表明するにつれて値がみるみるあがっていったときも、嫌悪を覚えた。

ホーガーは黙って坐っていたが、地位と威光はおのずと現われ出ていた。値があがるにまかせておき、前代未聞の高値に達したとき、右手の人さし指をあげた。競りはそこで終了した。階級が下の将校たちはもちろん、たとえ上であっても、この市《まち》のゲシュタポの長を競り負かす度胸のある者はいなかった。

マダムは急いで三つ数えて、落札を宣言した。

ホーガーはソランジュの腕をとって廊下を進み、〝婚姻の間〟に入った。ソランジュの服を脱がし、ベッドに放り投げて、犯した。

ソランジュは喉から声を漏らした。快楽の声をあげた。ホーガーをわたしの男と呼び、もっと激しくと鼓舞し、とてもいいと言った。こんなにいいものだと知っていたら、あのとき言うことを聞けばよかった、抱いてもらえばよかったと言った。背中をそらし、身体をこわばらせて、絶頂の叫びを放った。

「ああ、なんて可愛いやつだ。これほどとは思わなかった」とホーガーはあえぎながら言った。

ソランジュは溜息をついた。「とてもよかったわ」

ホーガーは目を閉じて行為を再開した。今度は自分が快楽の極みを味わうためだった。

ソランジュはマットレスの下に手を差し入れた。パトリス・レノーからもらったナイフをとりだし、ホーガーの喉を切り裂いた。

レジスタンスのグループが彼女を娼館から脱出させ、青果物を運搬するトラックの荷台に隠し、マルセイユの貧民街の地下の物置に匿《かくま》った。狭い真っ暗な場所で過ごすあいだに、ソランジュは気が狂うかと思ったが、三週間後にやっと新鮮な空気と陽射しのもとへ出された。今でもあのときのことを悪夢に見ることがあるという。

それ以後は、マルセイユのドイツ軍将校が通う娼館を転々として大いに活動した。客との会話から情報の断片を集めて仲間に伝えるのが役目だった。それらの情報のおかげで、レジスタンスの闘士たちはゲシュタポが手入れにやってくる前に逃走できた。もっと喜ばしいのは、ドイツ軍将校が行きつけのカフェや愛人宅の前で射殺される事件に寄与できたときだった。

ソランジュはモンペリエの家には一度も帰らずじまいだった。

一九四六年のひもじい冬、彼女はかつてひとつだけ経験した職業に戻り、アメリカ人将校の愛人になった。その将校が帰国すると、別の男を見つけ、そのあとまた次の男を見つけた。この最後の男が結婚してほしい、テキサスへ連れて帰るからと懇願したが、ばかなことを言わないでと諭《さと》してやった。

それからまもなく、OSSの将校と出会い、きみのような女性ならうちで使えるかもしれないと言われたのだった。

ソランジュの話はそこで終わった。

ニコライが抱き寄せると、彼女はようやく眠りについた。

11

翌朝、ニコライはハヴァフォードを呼び出して、自分が殺す標的は誰なのかと訊いた。

「もうこっちが標的になっているんだ」とニコライはコーヒーとクロワッサンの朝食をとりながら言った。「知る権利があると思うが」

ソランジュは少し前に食料を買いに出かけていた。

ハヴァフォードはニコライの言葉を聞きながら、カップの中で渦を巻くミルクに回答を探すかのようだったが、やがて顔をあげて答えた。「そうだな。そろそろ教えようか」

「で?」

「共産中国に駐在中の通商参事官で、ユーリ・ヴォロシェーニンという男だ」

その名前に、ニコライは強烈な平手打ちをくらったような衝撃を受けた。だが顔の筋肉に軽い麻痺《まひ》が残っていることもあって、心あたりがあることを悟られない無表情を保つことができた。「その人物を殺す理由は?」

「韓国だ」とハヴァフォードは答えた。

北朝鮮の金日成がソ連に唆《そそのか》されて韓国に侵攻したため、アメリカは介入を余儀なくされた。マッカーサーが反撃に出て、中国と北朝鮮の国境に近い鴨緑江《おうりょっこう》まで達したが、その時点で毛沢東が行動に出るしかないと決意し、三十万の兵力を朝鮮に送りこんできた。

こうしてアメリカと中国が戦火を交えた。さらに悪いことに、この交戦のせいで中国が西側諸国と不仲になり、ソ連との関係を強化せざるを得なくなって、エルベ川から太平洋岸に至る堅固な共産主義ブロックをつくってしまった。

「だから北京とモスクワのあいだに楔《くさび》を打ちこむ必要があるんだ」とハヴァフォードは結論づけた。

「そのヴォロシェーニンを殺すことで？」とニコライは質《ただ》す。「そんなことに効果があるのか？」

「ソ連には中国側に責任があることを示す証拠をつかませる。中国はもちろん自分たちの潔白を知っているから、ソ連は自国の外交官を犠牲にしてまで中国への非難材料をつくって、たとえば満州地域に恒久的な基地の設置を認めさせるといった大きな譲歩を引き出す魂胆《こんたん》だと判断するだろう」

囲碁でも昔からある手だ、とニコライは思う。いくつかの石を犠牲にして罠に誘いこむ戦略だ。チェッカーというお子様向けのゲームが好きなアメリカ人には珍しい戦略的思考だ。この戦略の背後には深みのある知性の持ち主がいるようだ。ハヴァフォード本人かもしれないが、彼はこのレベルの暗殺計画を決定するほどの地位にはない。

では、誰だろう。

この対局の真の打ち手は何者なのか。

「ヴォロシェーニンのことを話してくれ」とニコライは促《うなが》した。

12

「われわれが罪もない外交官を殺すためにきみを送りこむのだと思っているなら、それは誤解だ」とハヴァフォードは言った。

ユーリ・アンドレエヴィチ・ヴォロシェーニンの正体は国家保安委員会《KGB》の幹部であり、そのことは中国側も知っていて、憤慨している。

「まず言っておくが、われらがユーリは生き延びる天才だ」とハヴァフォードは警告した。一八九八年にサンクト・ペテルブルクで学校教師の息子として生まれたヴォロシェーニンは、少年時代から筋金入りの革命家になった。十五歳までに投獄されること三度、十七歳でからくも絞首刑を免ぜられて、シベリア送りとなった。一九一四年にボルシェヴィキの命令で軍隊に入り、一九一六年の反乱で兵士たちが前線で任務を放棄して故郷へ帰ったとき、指導者のひとりとして名をあげた。

ハヴァフォードがとりだした写真には、顎鬚《あごひげ》をはやして兵卒の帽子をかぶった若いヴォロシェーニンが写っていた。鉄縁眼鏡《てつぶちめがね》をかけた長身痩軀《そうく》の青年という、いかにも帝政ロシア時代の左翼インテリといった感じの男だが、開けっぴろげな明るい笑顔は真摯《しんし》な革命家には珍しかった。

偉大な革命が起きた一九一七年には、故郷のペトログラード（もとのサンクト・ペテルブルク）で、秘密警察である反革命・サボタージュ取締全ロシア非常委員会、通称チェーカーの局員となった。食糧不足の街では暴力が猖獗《しょうけつ》をきわめていた。復員兵が発砲、盗み、強姦などの事件を起こし、暴徒が教会や商店や裕福な家で略奪を働いた。銀行家や将軍や帝政ロシアの高級官僚の妻や娘たちが身体を売って飢えた家族を養うことも多かった。

ペトログラードのチェーカーのことなら、ニコライは熟知していた。

「解説はいらない。母からいろいろな話を聞いた」

チェーカーは赤色テロル、すなわち〝階級の敵〟の殲滅《せんめつ》をめざす戦争を開始した。一日に数十人、ときには数百人の〝白系〟ロシア人を、何の法的手続きもなく銃殺刑に処した。ヴォロシェーニンも嬉々として惨殺に参加した。「司法人民委員部などというものは必要ない」あるとき党の会議で彼はそう発言した。「われらが非常委員会を社会的害虫駆除委員部と呼んで、害虫駆除に励もうではないか」

そして、せっせと〝害虫駆除〟に励んだ。

ヴォロシェーニンの拷問は悪夢の様相を呈した。白軍将校を木の板に縛りつけてじわじわ火《ひ》炙《あぶ》りにする。囚人を外から長釘を打った樽に入れて丘の上から転がす。手の皮をはいで〝手袋〟をつくる。彼の名前は母親が泣く子を黙らせる手段となった。

一九二一年にはクロンシュタット海軍基地での反乱を殺戮《さつりく》により鎮圧するのに貢献した。次にヴォロシェーニンが目を向けたのは、ペトログラードで飢えと寒さに苦しみながらストライキを行なっている労働者だった。銃殺隊と棍棒《こんぼう》と拷問室で秩序を回復し、そのあと都市の一部の区画の建物を取り壊して薪《まき》にした。こうした働きが、モスクワでめきめき頭角を現わしつつあるヨシフ・スターリンの目にとまった。

「次にヴォロシェーニンが登場した場所は、ほかならぬ上海だった」とハヴァフォードは話を続けた。

一九二七年に国民党軍が共産主義者を虐殺したのはスターリンの唆《そそのか》しに乗ったせいだった。スターリンは蔣介石がその種の事柄の専門家を助言者として使いたがるだろうと考えてヴォロシェーニンを派遣したのだ。

当時ニコライは小さな子供だったが、それでも事件のことは覚えていた。よく上海の街を歩いたので、国民党に協力した犯罪組織の青幇《チンパン》と紅幇《ホンパン》の見分け方も知っていた。大勢の若い共産党員が撃たれ、刺され、首をはねられたのを知ったとき、ニコライの無邪気な子供時代は終わりを告げたのだった。

「その後十五年間の足取りはたどれなかった」とハヴァフォードは言った。「どこで何をしていたのかは誰も知らない。しかし、メキシコでのトロツキー暗殺や、一九三〇年代の大粛清《だいしゆくせい》を行なう口実をつくるためにスターリンが仕組んだセルゲイ・キーロフの暗殺に関与していたとする推測にはかなりの根拠があるようだ」

粛清の矛先はヴォロシェーニン自身にも向けられた。独裁者スターリンは被害妄想に駆られて、無慈悲に職務を遂行する有能な部下たちをも投獄した。とくに狙われたのはスターリン体制の暗部に通じている部下たちだった。そのひとりであるヴォロシェーニンは、モスクワ市民に恐れられたルビャンカ刑務所にぶちこまれた。

ヴォロシェーニンの経歴は、そこで後頭部に銃弾を撃ちこまれて終わってもおかしくなかった。だが彼は悪知恵と度胸のありったけを駆使して尋問をくぐり抜けた。殺すには惜しい情報源としてしぶとく生き延びたのだ。三年という長い月日を監房で過ごし、ほかの知恵のない囚人の悲鳴や銃殺の音を聞きながら機会を待ちつづけていた。

ヴォロシェーニンはのちに〝獄中生活は忍耐を教えてくれる〟と語った。

「そのとおりだ」とニコライは言い、ハヴァフォードを赤面させた。

監房の扉を開いてくれたのは、ソ連に侵攻してきたヒトラーだと言ってよかった。国難に直面したスターリンに有能な者たちを閉じこめておく余裕はなくなった。ヴォロシェーニンも名誉回復の措置《そち》を受けて釈放された。

危機を切り抜けたのだ。

ヴォロシェーニンは対独戦の殺戮の場には送られなかった。かつて国民党とつながりがあったことから、中国での勤務を命じられ、重慶で蔣介石と再会した。ヴォロシェーニンの任務は抗日戦への協力ではなく、毛沢東率いる共産党の討伐への協力だった。スターリンは中国共産党が潜在的脅威であると正確に見抜いていた。

ヴォロシェーニンは同じ共産主義者と戦うことに抵抗を覚えなかった。もはや本気で共産主義を信じてはおらず、信念はルビャンカ刑務所でなくしていた。今はシニシズムの権化であり、私益の追求しか考えていない。その目的のためには誰とでも手を組み、誰であれ躊躇《ちゅうちょ》せず裏切る男だった。

ハヴァフォードはニコライに別の写真を見せた。薄茶色の綿ズボンをはいたヴォロシェーニンが、蔣介石と一緒に道教の寺院の外に立っていた。額の生え際がV字形に後退し、三年間の刑務所暮らしで肌がなま白く艶《つや》を失っているが、まだまだ活力を感じさせる。やや猫背だが、肩幅が広く、おそらく若いころから体重が増えていない。力強さを感じさせるハンサムなヴォロシェーニンと、それよりずっと背の低い蔣介石は、写真撮影のためにふたりで地図を調べるポーズをとっていた。

「われらがヴォロシェーニンは戦中から戦後にかけて国民党と行動をともにした」とハヴァフォードは言った。「スターリンは中国にいた工作員全員を帰国させたとき、彼らが毛沢東の思想に汚染されているのを恐れて、粛清をした」

またしてもヴォロシェーニンは真っ先に首が飛びそうな状況に陥ったが、率先して同志たちを売ったおかげで、粛清の犠牲者ではなく執行者になることができた。尋問の指揮をし、拷問の指図をし、処刑の監督をして、ときには自分で引き金を引くこともあった。

その彼が、今また中国に駐在している。

「これはスターリンが自分の代理人として選んだ男なんだ」とハヴァフォードは言った。

共産中国にとっては平手打ちのような人選だが、毛沢東に選択の余地はない。国際的な孤立の中で、政治と経済の体制を固めていくためにはソ連の援助が必要なのだ。プライドを引っこめ、にっこり笑って頭をさげる用意が、毛沢東にはあった。

とりあえず、今のところは。

ニコライは殺人と拷問を得意とするロシア人の履歴《りれき》が語られるのに耳を傾けていたが、大半は既知の事実だった。ユーリ・アンドレエヴィチ・ヴォロシェーニンのことなら、母親のアレクサンドラ・イヴァノヴナ伯爵夫人からたっぷり聞かされていたからだ。

問題は、任務遂行の方法だった。

一九五二年初頭の北京はおそらく世界一警戒が厳重な都市だった。秘密警察が至るところで目を光らせ、自発的な密告集団である秩序維持委員会がどの街区や工場にもいた。

さらに悪いことに、中国国内に外国人の数はごく少ない。毛沢東は朝鮮戦争を口実に〝スパイ〟や〝工作員〟を国外へ退去させ、残った少数の西洋人を厳しい監視下に置いていた。

「なぜあんたたちのほかの〝資産《アセット》〟ではなく、わたしに成功の見込みがあると考えたのかな」とニコライは訊いた。

それはCIA本部でも大いに議論された問題だった。ハヴァフォードは答えをどの程度教えるべきか迷った。

「この任務には中国語に堪能だが、状況しだいでロシア人としても通用する人間が必要なんだ」とハヴァフォードは言った。

「そういう人間なら候補が大勢いそうだが」

「そのとおり。しかし、中国語ができるだけでなく、頭脳明晰《めいせき》で冷静沈着、しかも銃や何かの通常の武器を使わずに暗殺をやれる人間でなければならない。目下のところ、そういう人材はごく少ないんだ」

なるほど納得できる話だった。中国のような警察国家では銃の入手が難しいし、どのみちヴォロシェーニンは武器を携帯した人間を近づけようとしないだろう。それはわかる。だが候補者を絞りこむ上ではほかの要素も考慮されたはずだ。ニコライにはヴォロシェーニンを殺したがる私的な理由があることを、ハヴァフォードは知っているのか？　ハヴァフォードはかなりの策謀家のようだから、その理由を利用するのにためらいはしないだろう。だがハヴァフォードは知らないだろうとニコライは踏んだ。知る手だてがないからだ。

だからほかの資質を考慮して選んだにちがいない。

「欲しいのは切羽詰《せっぱつ》まっている人間なんだろう」とニコライは言った。「成功の見込みが薄く、成功しても脱出できそうにない仕事でも引き受けたがる人間。違うかな」

「それもないとは言わないが、脱出支援班はちゃんと用意する。ただ成功の見込みは、たしかに薄い。だから失うものがほとんどない人間が必要なんだ」

わたしがその人間だ、とニコライは思った。

あるいは、〝ミシェル・ギベール〟が。

ミシェル・ギベールという偽装身分が、ニコライをどうやって北京入りさせるかという問題を解決したのだ。ロシア人の偽装身分は使えない。ソ連の連中にすぐ偽物と見破られるからだ。中国人に化けるのは不可能だし、アメリカ人やイギリス人だと北京に入るのが難しい。

それに対してギベール一族は、十九世紀末に口髭をはやしたアナキストが爆弾を投げていたころから左翼と親しかった。ミシェルの父親は戦争中、ヴィシー政権下のフランス共産党に特別な便宜《べんぎ》をはかった。つまり共産主義者から寛容な扱いを受ける資本家なのだ。

しかもミシェルは中国政府のためにある仕事をするという口実で北京入りするという。

「それはヴェトナム関係の仕事だ」とハヴァフォードは言った。

「具体的には？」

中国もソ連もフランスの植民地支配からの独立をめざすホー・チ・ミンと彼の率いるヴェトミンを支持している。ヴェトミンは武器を必要としているが、とくにアメリカ製の武器を欲しがっている。アメリカがフランスを支援しているので、ヴェトミンは敵から鹵獲《ろかく》したアメリカ製の弾薬を使えるからだ。中国は朝鮮戦争でアメリカ製武器を大量に手に入れた。また国民党もアメリカから供与された武器を使っていたので、彼らとの戦争でもごっそり獲得した。

「中国はなぜ単純にヴェトナムへ武器を送らないんだ」とニコライは訊いた。

中国とヴェトナムは国境を接しており、国境線が走っている山岳地帯はヴェトミンが支配している。そのヴェトミンの支配地域で受け渡しすればいいだけの話ではないか。

「それはできるし現にやっているが、要は金の問題なんだ」とハヴァフォードは答えた。

まあ金の問題はつきものだな、とニコライは思った。

「中国には金がない」とハヴァフォードは説明した。「だから武器を売って金、とくに外貨を、稼ぎたい。しかしアジアの革命の同志が戦っているのをネタに商売をしていると見られたくない。だから都合のいい偽装が必要なんだ。〝いやあ、無料《ただ》であげたいのはやまやまだが、なにしろ強欲なギベール一族が持っている武器なのでね。しかし割安できみたちに売ってくれるよう斡旋《あっせん》することはできるよ〟とね」

なるほど、そういう構図か。ニコライは〝ミシェル・ギベール〟として北京を訪問する。

表向きの目的は中国からの武器買い入れとヴェトミンへの転売だ。

「北京入りの口実はわかったが、ヴォロシェーニンにはどう接近するのかな」とニコライは訊いた。

ハヴァフォードは肩をすくめた。「きみは囲碁の達人だ。うまい手を考えてくれ」

13

CIAアジア部長シングルトンはニコライ・ヘル襲撃失敗の報告をほとんど驚くことなく、穏やかな満足感とともに聞いた。

そうあっさり殺されるような男なら、そもそも今回の任務に起用されるはずもない。ユーリ・ヴォロシェーニンはけっして狙いやすい標的ではないのだ。ヘルが自分を殺しにきた男たちを簡単に片づけたのはよい前兆だった。

それにしてもダイアモンドはがっかりするほど予想どおりの行動しかとらないな、とシングルトンは思いながら、盤上に白の石をひとつ打った。しかも創意工夫に乏しいとなると、インドシナでの新しいポストにつかせてよかったのかどうか、いささか不安になってくる。

だが、古い囲碁格言の、〝線は円でつぶせ、円は線でつぶせ〟というのは真理を衝《つ》いている。ダイアモンドはいろいろ欠点があるが、間違いなく〝線〟のタイプだ。策を弄《ろう》しすぎてつまずくことはまずあるまい。

むしろ〝円〟のタイプであるハヴァフォードに危うさがあるかもしれない。シングルトンは、〝リベラリストとは心が広すぎて自分がどちらの味方か決められない人間のこと〟という警句を思い出した。エリス・ハヴァフォードはまさにそのタイプだが、それでもいざというときには断固としてひとつの道を選ぶだろうか。

まあ今にわかる、とシングルトンは考えながら、碁盤をぐるりとまわした。

ひとりで白と黒の両方を打つのはいいものだ。

絶対に負けることがない。

14

ダイアモンドは拳を壁に打ちつけた。

痛かった。

皮がむけた手を見て、また毒づいた。二対一の奇襲作戦に、あのくそいまいましい中国人は失敗した。負けたふたりが潔く殺されたのはあっぱれだが。

不意に恐怖が湧き起こって、胃がむかついた。

ヘルはただ者ではない。もっといい手を考えなければ。

15

ソランジュが玄関から入ってきた。

ニコライは腰をあげて、買ってきた食料をしまうのを手伝った。

その家庭的な情景にハヴァフォードは不安を覚えた。昨夜の殺害未遂を受けて、ニコライの出発は前倒しされることが決まっている。ニコライは南仏の方言などいろいろなことを驚くほどの短期間で吸収し、健康も回復した。そろそろ行動を開始すべきだろう。愛を見出したことでニコライにためらいが生じるのはまずい。もっとも、相手がソランジュなら恋に落ちない男はいないだろうが。

「何かしていたんじゃないの」とソランジュは訊いた。

「いや」とニコライはすばやく答えた。「ハヴァフォードがファイルを持ってきただけだ。あとで読んでおけばいいんだ」

〝あとで読んでおけばいい〟とわざわざ言うのは、読み聞かせられて指示を受ける必要などないと言いたいのだった。

ハヴァフォードはにやりと笑った。工作員と工作管理官のあいだには主導権争いがつきもので、むしろ奨励すべきものですらある。ニコライの自己主張が強くなってきたのを、ハヴァフォードは喜んだ。度を過ごしさえしなければ、工作員が自信を持つのはいいことだ。賢明な管理官はうまく駆け引きをする。守るべきところは守り、譲れるところは譲るのだ。

「わたしはもう失礼するところだった」とハヴァフォードは言い、テーブルから立った。「クロワッサンは例によってとても美味しかったよ《トレ・デリシウー》」

「ありがとう《メルシ》」

ハヴァフォードが帰ると、ソランジュはニコライに顔を向けて訊いた。「ねえ、気になる？」

「何が？」

「わたしが娼婦だったこと」

その問いにニコライは驚いた。「日本では恥ずかしくない職業だ」

「フランスではそうじゃないわ」

「わたしはフランス人じゃない。きみと一緒にいて感じるのは喜びと誇らしさだけだ」

ソランジュが身を寄せてきて、ニコライの首に軽くキスをし、小さくささやいた。「わたし、あなたを愛しているみたい」

「わたしもきみを愛している」ニコライはその感情と、自分が口にした言葉に驚いていた。愛情というものは久しく抱いたことのない、自分に禁じてきた感情だった。自分が愛した相手は、たいてい死の門をくぐって、遠いところへ行ってしまう。それが過去の経験だった。

「愛《ジュ・テーム》してる、愛《ジュ・テーム》してる、愛《ジュ・テーム》してる」

「わたしも愛《ジュ・テーム・オシ》してる」ニコライは親密な言葉遣いを聞いて嬉《うれ》しかった。「でも、わたしたちはこの気持ちをどうしたらいいだろう」

「何もしないの」ソランジュは溜息をつき、温かい息をニコライの首筋に吹きかけた。「一緒にいられるあいだ愛し合うだけでいいのよ」

ふたりは寝室へ行ってまさにそのことをした。

ニコライはソランジュを寝かしておいて起きあがった。キッチンに入り、戸棚の奥に隠した緑茶の缶をとりだした。ミシェル・ギベールが香港にいるあいだに緑茶を嗜《たしな》むようになったとしても不自然じゃない、と湯を沸かしながら考えた。

湯が沸騰《ふっとう》すると、ポットに注いで一分間待つ。庭に出て湯を捨てる。同じ手順をもう一度くり返し、三度目のを使った。中国の古い格言を思い出す。〝一煎《いっせん》目は白湯、二煎目はゴミ入りの湯、三煎目がお茶〟。

辛抱強く待ったあと、小さな湯呑みに注いで飲んだ。すばらしい。このさっぱりした飲みくちは、どんなに上等でもコーヒーでは味わえない。湯呑みを持って庭に出て、腰掛け石に坐り、岩のあいだを流れる水の音に耳を傾けた。

昨日《きのう》の夜、ここで人をふたり殺したが、今はその痕跡すらない。そんなことは起こらなかったかのように。ある意味、起こらなかったのだとも言える。仏教の世界観から言えば、人生は夢であり、輪廻《りんね》の一段階にすぎず、知覚するものはすべて実体とは無関係の迷妄だ。あのふたりを殺したときにわたし自身も死んだ。わたしが生きているあいだは彼らもわたしの中で生きている。わたしは彼らの業《カルマ》を成就し、彼らはわたしの業《カルマ》を成就したのだ。ヴォロシェーニンの場合も同じことになる。

あのロシア人の業《カルマ》は久しい以前から成就の時を待っていたのだ。

三十年以上前から。

ヴォロシェーニンは覚えているだろうか。覚えているとして、気に病んでいるだろうか。たぶんそれはないだろう。

わたしは本当にこれをやりたいのか。

なるほどアメリカ人たちはかなりの額の金と、旅券と、自由をくれる。だがソランジュを起こして荷物をまとめ、一緒にどこか見つからない場所へ逃げたい衝動に駆られているのも事実だ。

しかし逃げるといって、どこへ逃げる？

旅券はない、身分証明書もない、金もない。日本を出ないのなら、そう遠くへは逃げられない。この人間関係が緊密で閉鎖的な日本で、ふたりの西洋人がひっそりと隠れ住むのは困難だ。隠れ住んだとして、どれくらいのあいだ見つからずにいられる？　せいぜい何週間かだろう。見つかったらどうなるか。暗殺計画の標的を知っている以上、アメリカ人たちはこちらを消そうとするはずだ。

ソランジュも一緒に。

彼女にはすべて話してあると連中は思っているはずだ。何かを知らないせいで死ぬのは普通のことだが、わたしが身を置くことになったおかしな世界では、何かを知っているせいで死ぬことも同じように簡単に起きる。もしソランジュが暗殺の標的を知っていれば、彼女もとても危険な目に遭うかもしれないのだ。

つまりソランジュは、わたしの行動の人質になっている。

わたしは愛する人間を死なせるわけにはいかない。

そんなことは耐えられない。

だが、わたしにできるのか。ヴォロシェーニンを暗殺し、生き延びてソランジュと暮らすことが。それは贅沢《ぜいたく》すぎる望みではないのか。

そうかもしれない。

しかし、やってみようと決めた。

ソランジュが寝室から庭に出てきた。寝乱れた髪が魅力的で、目が眠そうにとろんとしていた。

ニコライはファイルを膝におろして閉じた。

「わたしたち、隠し事をするようになったの？」とソランジュは言った。「ううん、いいの。知りたくない」

ソランジュは二本の煙草に火をつけて一本をよこした。「あなたとハヴァフォードがやろうとしている男の仕事なんて、わたしにはどうでもいいの。食べ物とお酒とセックスと赤ちゃん。要するに、大事なのはこれだけ。ほかのことは男たちのくだらない遊びにすぎない。だから遊んでらっしゃい。帰ってきたらわたしに赤ちゃんをちょうだい」

「そうしたい。ぜひそうしたいと思っている」

「よかった。じゃ夕食の用意をするわね」

ソランジュはニコライの額にキスをして家に入った。

ニコライはまたファイルを読みはじめた。ヴォロシェーニンという男は、ひとりの人間としてはどうでもいい相手だが、標的としては深く興味をそそられた。この男の物の考え方、嗜好《しこう》、習慣を知る必要がある。

この男はサディストであるほかに酒好きでもある。それも相当飲むほうらしい。もっともロシア人はみな酒好きだから、そこに特別な弱点があるようには思えない。

ヴォロシェーニンは女好きでもあるとファイルにはあるが、ニコライは驚かなかった。そこが糸口だろうか。そうかもしれないが、戦後の〝新しい〟北京は禁欲的な規律で有名だ。共産党の政策により娼館の多くは廃業を余儀なくされ、高級娼婦は国民党のお偉方たちと一緒に逃げた。ヴォロシェーニンが北京で愛人を囲っているなら、うまく隠していることになる。そこが有望な線かもしれないが、警戒厳重であるのも確かだろう。

ほかに何がある？

ヴォロシェーニンはチェスをやる。これもロシア人には普通のことだが、あのような男なら充分予想されるとおり、かなりの上級者であるようだ。また美食家で、酒の好みもうるさい。中国での駐在中に京劇を好むようにもなった。

これでほぼ全部だ。

ニコライはファイルを閉じた。

16

ニコライが寝室に戻ったとき、ソランジュは目を醒《さ》ましていた。

「夜が明けたら出発する」とニコライは言った。

「ええ。そんな気がしていたわ」

ニコライはベッドに横たわった。ソランジュが身体を半転させて、胸に頭をつけた。ニコライは腕を彼女の身体にまわした。「きみを迎えにくるよ」

「そうなるといいけど」

「きっと来る」

朝、家を出るとき、ソランジュが口にしたのはただひと言だけだった。

生き延びて。

外の楓《かえで》の枝から葉が一枚離れ、陽射しの中で美しくひるがえり、地面に落ちた。

第二部　北京　一九五二年一月

17

北京は凍てつくような寒さだった。

広大な満州平原から北風が吹いてきて、すでに雪をかぶっている柳の枝を銀の氷で覆《おお》った。淡い黄色の太陽はごく薄い円盤となって真珠色の空に浮かんでいた。

ニコライは鉄道の駅を出ると、冷たい空気を吸いこんだ。冷気が肺に焼けつくようだった。ロシア製のコートの襟を立て、その上から襟巻《えりまき》を巻いて首を包んだ。

通りに車の往来はほとんどなく、ソ連製のトラックや中華民国軍から鹵獲《ろかく》したアメリカ製のジープなどの軍用車両がときどき走るだけだった。通行人はたいてい徒歩で、自転車を持つ少数の幸運な人たちも、風に逆らって前のめりになり、苦労しながら雪道を押して歩いている。駅舎から出てきた人を拾う輪タクの運転手は雪で滑る車輪に手こずりながら懸命にペダルを漕いでいた。

長い車体の前部に赤旗を何本か立てた黒いセダンが雪景色の遠景から現われ、歩道脇で停止した。体格のいい中国人の男が車をおりて、ニコライのほうへ近づいてきた。中綿入《なかわた》りの羊毛のオーバーコートに身を包み、人民解放軍の赤い星を正面につけた帽子をかぶっている。

「同志ギベールですか」

「そうだが」

「わたしは陳《ちん》と申します。北京へようこそ。中華人民共和国万歳」

「万歳《ワン・スウェイ》」

「ああ、広東語がお上手だということは伺《うかが》っています」陳は微笑んだ。〝広東語〟をおかしな調子で軽く強調したのは、政府が標準語とみなす北京官話より格が落ちると教えるためだろう。「たしか広州にお住まいでしたね」

「香港だ」

「ああ、そうでした」

くだらないゲームだ。

くだらないゲームには終わりがない。

「北京ではわたしが案内役を務めます」

〝案内役〟か、とニコライは胸のうちでつぶやく。つまりは〝スパイ〟、〝監視役〟、〝密告者〟だろう。「それはありがたい」

「寒いですから、早く行きましょう」陳は車のほうへさっと首を倒した。運転手がおりてきてニコライのスーツケースを受けとり、トランクに入れる。陳が後部ドアを開けてニコライが乗るのを待った。「どうぞ」

ニコライが乗車すると、陳が反対側にまわって隣に座を占めた。寒さを和らげるために暖房が、効率は悪いものの、敢然と作動していた。陳はブーツの底を車の床に打ちつける。

「ああ寒い。まったくもう」

「煙草《たばこ》を喫《す》ってもいいかな」ニコライは、返事はたぶんイエスで、陳も喫いたがるだろうと予想しながら訊いた。ゴロワーズをコートの内ポケットから出し、陳に一本差し出した。

「さあ、きみも」

「これはどうも」

陳が煙草を受けとると、ニコライは前に身を乗り出して運転手にも勧めた。目の隅に陳の不快そうな顔が映った。〝無階級〟社会にも階級はあるらしい。

運転手は煙草を受けとり、ルームミラーを介して満足げな笑みを陳に向けた。どうやら実際には陳より位が下というわけではなさそうだった。監視役の監視役というところか。

ニコライはフランス製のライターを出してふたりの煙草に火をつけ、それから自分の煙草に火をつけた。たちまち車内に紫煙が立ちこめた。

「うまい」と陳が言った。

「箱ごとどうぞ」

「いや、そういうわけには」

「いいんだ、まだあるから」

陳は煙草の箱を受領した。

汚職がないはずの人民共和国に着いて五分以内に、ニコライは最初の贈賄《ぞうわい》に成功した。毛沢東が始めた汚職反対、浪費反対、官僚主義反対の〝三反《さんはん》運動〟のもとで、大勢の役人が略式裁判で公開銃殺刑に処され、さらに多くの者が労働収容所に送られて緩慢《かんまん》な死刑を執行されているにもかかわらず。

陳は煙草を四本とりだし、運転手のために助手席に置いた。なかなか気のつく男だ。

ニコライが北京に来たのはこれが初めてだった。上海で生まれ育った彼は、あの国際的な都市が世界の標準のように感じていたが、古くからの首都はまったく雰囲気が違っていた。広い通りは軍事パレードが目的であり、大きな広場を風が自由に吹き抜けるところは、物事はあっというまに完全に変わってしまうのであり、その風向きの変化の中では一個人などあまりにも弱い存在だということを警告しているように思えた。

陳は少しばかり予習をしてきたようだった。「北京は初めてなんですよね」

「そう」とニコライは答えながら、建国門内大街《けんこくもんないたいがい》を走りだした車の窓から外を眺めた。

「きみは北京の生まれかな」

「そうです」陳はその質問に驚いたような口調で答えた。「生まれも育ちも北京です。郊外ですがね」

しばらく進むと建国門内大街は長安街と名前を変える。長安街は首都の東西を走る主要な大通りで、赤い塀が特徴的な紫禁城の南側を通っている。天安門が見えてきた。二年ちょっと前に毛沢東が中華人民共和国の建国を宣言した場所だ。その日はユーリ・ヴォロシェーニンも毛のそばにいたと、ファイルに書かれていたことをニコライは思い出した。門の左右には〝中華人民共和国万歳〟と〝世界人民大団結万歳〟のスローガンが大きく掲げられていた。

「広場をひとまわりしてみますか」と陳が訊く。

「いいね」

陳は運転手に命じて天安門広場のまわりを一周させた。広場はより大規模な公的行事を可能にする拡張工事で雑然としていた。建物が取り壊され、瓦礫《がれき》が除去されたり均《なら》されたりしていた。

「完成すれば百万人以上を収容できる広さになります」と陳が誇らしげに言った。

家を壊された大勢の人が、かわりに公《おおやけ》の行事に参加できるようにしているわけだ、とニコライは思った。

北京は権力を誇示するための壮麗な都市だ。ニコライは上海のほうが好きだが、その上海もすでに変わっているだろう。彼が知っている中国は多彩な文化を持つ国だった。たとえば上海は服飾界の最先端を行く都市だったが、今の北京で見られる服装は画一的で、青や緑や灰色の中綿入りの上着とだぶだぶのズボン、それに人民帽という恰好がほとんどだ。

天安門広場をめぐり終えると、車は長安街から北に伸びる王府井大街《おうふせいたいがい》に折れ、北京飯店の玄関先に乗りつけた。この十九世紀末西欧風のホテルは七階建てで、アーチ形の玄関が三つあり、最上階には柱廊がめぐらしてあった。運転手が車をおりて、ニコライのスーツケースをおろし、ホテルのポーターに渡した。小柄な中年のポーターは手こずりぎみにロビーへ運びはじめたが、ニコライが手を貸そうとしても受けつけなかった。

「この男は市の助役でした」陳はニコライを促《うなが》してポーターの脇を通りながら唸《うな》るように言った。「生きてるだけ運がいいんです」

ロビーは幽霊屋敷のようだった。以前このホテルは列強の根城で、裕福な西洋の実業家たちがアジア人の主人としてふるまっていた。中国人の給仕たちはジン・トニックやウィスキー・ソーダを盆にのせて忙しく立ち働き、フランス人、ドイツ人、イギリス人、アメリカ人などの無遠慮な人種差別的態度に耐えていた。それは上海でも同じだったが、紫禁城から歩いてすぐの場所であるだけに屈辱はいっそう大きかったにちがいない。

共産中国がこの不愉快な記憶に満ちた建物を瓦礫の山に変えてしまわなかったのが、ニコライには意外だったが、体制が変わっても外国からの訪問客の宿泊場所は必要ということだろう。ロビーは清潔だが生気に欠けていた。頽廃《たいはい》の痕跡はこすりとられ、かつてここに満ちていたにちがいない贅沢《ぜいたく》な高級感はまるでなかった。

資本主義体制には露骨な不平等がある。しかし他方、共産主義体制とはじつに味気ないものだとニコライは思った。

フロント係は若い女で、灰色のダブルの上着にベルトを締める、お決まりの〝レーニン服〟を着ていた。旅券の提示を求めてきたので、ニコライが「食事はもうすみましたか」という〝ご機嫌いかが〟を意味する挨拶《あいさつ》とともに旅券を出すと、驚いていた。

「ええ、すみました。同志、あなたは？」

「わたしもです。ありがとう」

「お部屋は五〇二号室です。今、ポーターが――」

「いや、荷物は自分で運びます。ありがとう」ニコライはポケットから中国の紙幣を出してポーターに渡そうとしたが、陳がとめた。

「人民共和国ではチップは許されません」

「ああ、そうか」

「主人からの施し物は帝国主義的な悪習です」

ちょっとした感謝の気持ちにもご大層な意味がつくわけだ。

エレベーターに乗るのは恐かった。ひどく軋《きし》るこの機械をこの前点検したのはいつだろう。だが、無事に生きて五階にたどり着き、陳の先導で長い廊下を歩いた。

部屋は殺風景だが清潔だった。ベッド、衣装箪笥《だんす》、二脚の椅子、ラジオが置かれたサイドテーブル、お茶を淹《い》れるための湯を詰めた魔法瓶。バスルームには便器と浴槽があるが、シャワーはなかった。メインルームのフランス窓の外は小さなバルコニーだ。バルコニーはホテルの正面についていて、東長安街を見おろせる。右手に天安門広場が見えた。

「ここは特別なお客のための部屋なんです」室内に戻ったニコライに陳が言った。

ああそうだろう、とニコライは思った。その特別なお客がする会話がすべて録音されるのもまず間違いない。コートを脱ぎ、陳にもそうするよう手ぶりで促して、両方のコートを衣装箪笥に吊るした。

「お茶を淹れようか」とニコライは訊く。

「ありがとうございます」

容器から緑茶の葉をたっぷりふた摘《つま》みポットに入れた。熱い湯を注ぎ、しばらく待ってから、ふたつの湯呑みにお茶を注ぐ。ふだんなら一煎《いっせん》目を飲むことはしないが、湯を沸かす燃料費が高く、浪費は嫌がられるだろう。陳に湯呑みを渡し、ふたりとも椅子に坐ってお茶を飲んだ。

気づまりな沈黙がしばらく続いたあと、陳が口を開いた。「ああ美味《おい》しいお茶だ。身体が温まる。ありがとうございます」

「こちらこそ温かいおもてなしを受けているから、お礼を言われると面映ゆい」

陳は当惑顔をした。この客は無料で滞在できると誤解しているのではないかと思ったらしく、すぐに注意した。「でも、この部屋の宿泊費はあなたが払うんですよ」

「それでも同じことだ」ニコライは実務上の話になると中国人がずばり物を言うことを思い出した。日本人とはずいぶん違う。日本人なら十分ほど遠まわしにほのめかして、この部屋が有料であることを知らせるだろう。

陳はほっとした顔をした。「今夜はあなたを歓迎する宴会があります」

「そんなお気遣いは無用だが」

「もう手配してますから」

「では楽しみにしていよう」

陳はうなずいた。「劉《りゅう》将軍の副官、余《よ》大佐がご招待します」

劉徳懐《りゅうとくかい》は長征を成功させた将軍のひとりで、かの伝説的な八路軍の初代総指揮官としても知られる国民的英雄だった。ごく最近まで朝鮮半島に進軍した中国人民志願軍の総司令官を務め、現在は国防部長（国防長官に相当）だ。劉は〝ギベール〟を媒介とするヴェトミンへの武器売却に許否の判断をする権限を持つ。ギベールが北京入りした最初の夜に副官をよこすことには意味があるだろう。

この応対はニコライの知る中国流のビジネス作法とは違っていた。中国では普通、外国人の取引相手におあずけをくわせる。実際の取引を始める前に何日か、ときには何週間か、下っ端の部下をつけて、果てしもない観光旅行をさせるのだ。

劉将軍はこの取引を急いでいる。

「それは光栄だ」

陳が立ちあがった。「きっとお疲れで、休憩なさりたいでしょう」

ニコライは部屋の戸口で陳と別れた。

それから五分待ち、コートを着て帽子をかぶると、ふたたび寒い街に出た。

18

地図や航空写真はすでに詳しく調べたが、やはり実地に歩くのがいちばんだ。北京市街地の土地鑑をつけておきたい。生き延びられるかどうかは、どの裏通りへ飛びこむか、どの通りを避けるかなどの、とっさの判断で決まるかもしれない。迷いやためらいは禁物なのだ。

一九五二年初頭の北京は、異質なふたつの部分から成る都市で、大規模な公共建築物が建ち並ぶ区画と、ごみごみした庶民の居住地――いわゆる胡同《フートン》――とに分かれていた。〝紫禁城〟とは庶民の立ち入りが禁じられた宮殿を意味するが、そこを中心とする都心部は、共産主義政府が陣取って多くの官庁や公務員の宿舎を建てた今も、やはり〝禁断の都市〟だった。

そこを取り巻く〝もうひとつの〟北京は、二百万人ほどの人がひしめく活気にあふれた国際色豊かな街であり、野外市場やおしゃれな商店街が賑《にぎ》わい、小さな公園や広場では軽《かる》業師《わざし》や手品師などが芸を披露していた。

北京っ子は世界のほかのどんな大都市の庶民とも同じで、元気がよく、遊び好きで、プライドが高い。彼らにとって北京はひとつの宇宙だが、あながち見当違いでもない。ここは中国じゅう、いや世界じゅうの人々が集まってできた都市だからだ。だから教養ある北京市民は中国、日本、欧米のさまざまな文化を知っている。裕福な市民はフランス料理店で食事をし、イタリアの洋服屋で背広を買い、ドイツ製造の時計を買うといったことが珍しくない。イギリス製やフランス製の服を着て、アメリカの音楽でダンスをすることも。

それでも、貧しい屑屋から金持ちの商人に至るまで、北京っ子はみな自分たちの文化に誇りを持っていた。壮麗な王宮や橋や公園や庭園、数百年の歴史を持つ料理店や茶店、京劇をはじめとする演劇や雑伎《ざつぎ》、詩人や作家。

ロンドンやパリが川沿いの草原にすぎなかった時代から、北京は洗練された都だった。ヨーロッパの古都の中ではローマだけが、歴史の古さと洗練度と帝国の強大さで北京と張り合える。

北京っ子はさまざまなことを見てきた。今生きている市民が経験した範囲内でも、欧米列強、国民党、日本、そして共産党に次々と支配されてきたが、北京はそのつど適応し、進化し、生き延びてきた。

毛沢東がこの帝政の記憶に満ちた都市を首都に選んだことには多くの者が驚いた。だが、まさにそういう都市だからこそ毛は選んだのだと、ニコライは思っている。天壇《てんだん》、すなわち歴代の皇帝が天に豊作を祈念した祭壇をわがものにしなければ天下をとったとは言えない。共産主義の理論をどれだけ唱えようと、毛が新たな皇帝を自任しているのは明らかだ。それが証拠にさっさと権力の内陣に閉じこもってしまい、めったに外に出てこないというではないか。

北京っ子たちは知っている。王朝が次々と興っては倒れ、壮麗な建築物が建造されては破壊されてきたが、共産主義政権もそんな王朝のひとつにすぎないことを。時を得て栄え、いずれ時を失って滅びるだろうが、都市は生き延びる。

だがどんな形で生き延びるだろう。ニコライはホテルを出て長安街を歩きながら考えた。毛は〝消費都市から生産都市へ〟をうたう北京の都市改造を宣言した。すでに古い建物が取り壊されて工場が建てられ、狭い道を戦車が通れるほどに拡張する工事が始まっている。ソ連の建築技師は――破壊者であるソ連が何を〝建築〟するというのか、ニコライには理解できないが――市民が日常生活を営んできた中庭住宅を不毛なコンクリートの建物群に置き換えるべく、せっせと図面を引いていることだろう。

胡同《フートン》では道の両側に中庭住宅の塀が続き、ところどころに小さな出入り口がある。中に入るとまた塀があって、右か左へ進まなければならない。これはまっすぐにしか進めない悪霊を通さないためだ。第二の塀の向こう側が中庭で、普通は砂利、裕福なところでは板石を敷きつめている。日陰をつくる木が一、二本あり、暖かい季節に外で煮炊きができる木炭のかまどが設《しつら》えてある。中庭を囲む家は富貴の差によって一階ないし二階建てで、三方の棟はひとつの一族の分家が占める。北京市民はこうして大家族で、自律とプライバシーを保ちながら静かに暮らしてきた。

管理支配の鬼である毛沢東はこれが気に入らず、プライバシーを望むのは〝個人主義的〟で反社会的な態度と断罪した。ソ連の建築技師たちがおぞましい建築物を次々に建てるのを待つあいだに、毛は中庭住宅の破壊を組織的に行ない、隣人どうしが密告し合うような〝安全を守る共同体〟を打ち立てようとした。大半がもとは盗賊だった黒ずくめの〝夜警団〟が、身につけた技術を生かして家々の屋根にあがり、市民が麻雀や鳴き声の美しい小鳥の飼育などの〝ブルジョワ的活動〟をしていないか、反革命の謀議をささやいていないか、聞き耳を立てた。

都市生活の破壊は公共のスペースでも遂行された。劇場や茶店は閉鎖され、大道芸人は風俗紊乱《ぶんらん》のかどで取り締まられ、食べ物を売る屋台商人は徐々に国家の集団経済体制に強制的に取りこまれていった。かつて街じゅうにあふれていた輪タクも、〝帝国主義の遺物〟であり〝人間の奴隷化〟の象徴として段階的に減らされていった。それは一気にではないが、現実に起きていたのであり、それとともにこの都市が持っていた活気は恐怖のもたらす静けさの中に消えていき、すべての活動が監視され盗み聞きされるようになった。

ニコライもまた、ホテルのロビーを出ないうちにひとりの男が尾行についたのに気づいた。中国は何はなくとも人口だけは多いので、諜報機関は〝ギベール〟の監視のためだけに人員をひとりあてる余裕があるのだろう。

尾行に気づいたのはよかった。

ニコライはどれくらいの監視がつくのか確かめたいと思っていた。その意味で、彼は今尾行者を〝釣り出した〟のだと、ハヴァフォードなら言うだろうが、もちろんニコライ自身は囲碁の言葉で考えた。囲碁では、ひとつの手が別の手を引き寄せる。碁盤に石をひとつ置くと、相手がそれに応じた動きをする。諜報ゲームでもそうらしい。そこに気づいたニコライは、やはり自分はこの種のゲームの初心者だと自覚した。

尾行に気づかないふりをして、長安街から公使館地域に入り、現在はソ連の通商使節団が入っているもとのロシア公使館の前を通った。周辺視野だけで、建物の正面を観察する。ロシア製のセダンが数台駐めてあり、中に警備要員が坐っているのがはっきり見えた。

速歩で歩く。公使館地域など退屈だから、早く西の天安門広場へ行きたいというそぶりで。

建設工事で雑然とした大きな広場の周囲を歩いた。監視役は接近しすぎず上手に尾行してくる。ニコライは北へ折れ、大きな瓦《かわら》屋根をいただく紫禁城に足を向けた。

監視役は歩調をゆるめ、第二の監視役に任務を引き継いだ。ギベールの尾行はわりと重視されているらしい。写真で見慣れた巨大な紫禁城がぐんぐん目の前に迫ってきた。ニコライはヴォロシェーニンを殺す場所を探した。必要な時間だけ人目を避けられ、逃走経路もある場所を。

紫禁城のまわりの高い塀と塀にはさまれた通路で実行できればと思ったが、考えてみれば毛沢東が居住し、高級官僚の宿舎や官庁が建ち並ぶ地域である以上、警備はとびきり厳重なはずだ。

今は博物館になっている宮殿に入った。暖をとるのと旅行者らしいふるまいを見せるのが目的だ。しばらくぶらついてから（こんな寒い午後に〝ぶらつく〟という呑気《のんき》な言葉は合わないが）博物館を出た。今や尾行はさらにもうひとりついている。西に進んで、北海と中海のあいだにかかった美しい橋を渡った。湖面は銀色に凍りつき、岸辺には白柳が並んでいた。

あまり自信たっぷりに歩くのはよくない。そこで道がよくわからないので少し戸惑いぎみといった足取りにした。西単大街《せいたんたいがい》に出ると、どちらへ進むか考えるふりをしてから、北へ行くことに〝決めた〟。ふたりの尾行者が役割を換えた。ひとりが立ちどまって襟巻を直し、そのあいだに他方が前に出てきて先導役になった。

このとき、まともに目を向けずに、ふたりの顔をよく見ることができた。すらりと背が高く歩くのが速いほうには〝グレーハウンド〟と綽名《あだな》をつけた。もうひとりは〝ニコニコおじさん〟。仏頂面を皮肉った綽名だが、ホテルの温かいロビーから寒い街中に引っぱり出されればそんな顔にもなるだろう。

ニコライは足を速めた。グレイハウンドがまだついてくるか、それとも誰かに引き継ぐかを確かめるために。グレイハウンドも速歩になったが、充分な間隔は保っていた。ニコライは北海公園の南門をくぐった。

北海公園は美しかった。アジアの庭園芸術の最高峰だ。北海という楕円形の湖の周囲につくられ、小径《こみち》が優雅な柳の並木の中を縫い、石や東屋が完璧に配置されている。小径を曲がるたびに新しい眺めが開け、全体として、日本人が〈シブミ〉と呼ぶ、あのとらえがたい抑制された風趣をかなりの程度まで実現していた。

冬の公園は地味ながら美しい高齢の貴婦人のようだった。冷たい死が遠からず訪れることを知りつつも威厳を保っている。言葉を巧みに操る才能が自分にあれば詩に詠《うた》うだろう。

湖の東岸に沿って北へ歩いていくと、島に渡る橋があった。ニコライは案内板に〝瓊華《けいか》島〟とあるのを読み、優美なアーチ形を描く橋を渡りはじめた。

アーチの頂上で足をとめて岸を眺めやり、尾行者がついてきているかどうか確かめる。頭のいいグレーハウンドはこちらを追い抜き、ちらりとも振り返らず島に向かって歩きつづけた。うまい手だとニコライは思った。標的はそれでも島に向かうだろうと予想しつつ、そうならない場合にもそなえているはずだ。のんびりとあたりの風景を見まわすと、橋のたもとの東屋でニコニコおじさんがたたずんでいた。

ニコライは前に向き直り、瓊華島をめざして歩きだした。緑深い島の真ん中の小さな丘の上には、白い塔が立っていた。両側に木と草が生い茂る小径をたどって丘をのぼっていくと、途中に案内板があり、見たままの〝白塔〟という名称が記されていた。第七世ダライ・ラマの訪問を記念して一六五一年に建立されたとある。

皮肉なものだ、とニコライは思った。ちょっと前に中国がチベットに侵攻したことを考えると。

白塔は閉鎖されていた。ニコライはその周囲をまわった。曲線が多く、尖塔の頂上に金色の仏教の象徴的装飾が施されているところは、中国建築よりチベット建築のほうに近かった。

塔のまわりを一周したあと、島の南端の木々の中を通る曲がりくねった小径を見おろした。そこから橋が南へ伸びている。その橋を渡っていくと、島の岸にも対岸にも小さな船着場がいくつもあるのが見えた。もっと暖かな日なら渡し船で島に渡れるのだろう。

瓊華島は有力な候補だ、とニコライは考えた。とくに夜がいい。ただ、ヴォロシェーニンをおびき出すのが難しそうだ。スターリンによる粛清の嵐を経験しているから被害妄想めいた警戒心を持っているだろうし、評判どおりのチェスの名手なら罠の匂いをたちまち嗅《か》ぎとるだろう。

とはいえ、覚えておいていい場所だ。それにとりあえず、白塔の中にいるハヴァフォード側の監視役に顔見せするという当面の任務は果たせた。

19

ハヴァフォードはソランジュが荷造りするのを見ていた。

時間はかからない。持ち物はごく少なかった。本や絵や高級台所用品や服の大半はCIAが買ったものであり、売られることになっていた。

もともとの取り決めだからしかたがない。

ソランジュは立ち退きの要請をスティックに受けとめたが、ささやかな抵抗だけは試みた。

「わたし、どこへ行けばいいのかしら」ソランジュは隠れ家の閉鎖を見届けにきたハヴァフォードに訊いた。

答えようのないハヴァフォードは肩をすくめた。その仕草が意味しているのは、ふたりともよく承知している事実だった。ソランジュは一定期間、一定の仕事をするために雇われた。その仕事は終わり、契約期間が満了。今後の身の振り方はとっくの昔に考えておくべきだった。

それにソランジュの不安げな口ぶりはいささか不正直だった。彼女ほどの美貌と魅力と性的技巧を持つ女には出費を惜しまないという男はいくらでもいるが、そのことは知っているはずだ。そういう身過ぎ世過ぎは過去にも経験しているし、今回支払われた報酬はそれまでのつなぎの資金として充分すぎるほどの額なのだ。

「それにニコライはどうやってわたしを見つけられるかしら」

なかなかみごとな芝居だ、一瞬信じこみそうになった、とハヴァフォードは思い、内心でにやりとした。若いころブロードウェイの可愛い若い女優に入れこみ、面倒なことになって父親に助けられたことがあったが、そのとき父親が言ったことを思い出した。

「女優はみんな娼婦で、娼婦はみんな女優なんだよ」

この娼婦は間違いなく女優だと、ハンカチで目尻を押さえるソランジュを見ながら、ハヴァフォードは思った。

「ニコライはどうやってわたしを見つければいいの？」

ハヴァフォードは、ありえないことだろうが、彼女の感情が本物である場合にそなえて、そんなことは考えなくてもいいとは言わなかった。

ソランジュはネグリジェをたたんでスーツケースに収めると、手をとめて、美しい目をハヴァフォードに向けてきた。「あなたとわたしで、契約をするというのはどう？」

誘惑を感じなかったと言えば嘘になる。感じない男がいるだろうか？　信じられないほど美しい女で、ベッドでの技巧も並みはずれているにちがいない。だが、彼女がこの家に住みつづけることをCIAの血の冷たい会計屋どもに承知させることなどできるわけがなかった。

「契約ならもう履行《りこう》されたじゃないか」とハヴァフォードは言った。「きみはみごとに務めを果たし、わたしは報酬を支払った」

「まるで売春婦扱いなのね」ソランジュはスーツケースをばたんと閉めた。

ハヴァフォードは返事をする必要を認めなかった。ともあれ彼は北京から、ニコライが打ち合わせどおり瓊華島で白塔にいる者に姿を見せたという連絡を受けたばかりだった。

20

男なんてみんなばかだ、と、東京の隠れ家をあとにしながらソランジュは思った。涙を何粒かこぼし、目をきらめかせ、腰をひくりと動かせば、男たちの脳はぱちりとスイッチが切れる。

ハヴァフォードは人並みはずれて頭のいい男だが、すべてを見てとれるわけではない。自分の見たいものだけを見る点ではほかの人間と同じだ。

でも、ニコライは……

残念《ドマージュ》だわ。

21

〝新しい〟中国は売春婦がいないので困る。ユーリ・ヴォロシェーニンはウォッカをちびちび飲み、窓から公使館地域を眺めながら考えた。

まったく不便でしかたがない。

〝古い〟中国は、男が欲望を満たすのに無粋な邪魔立てなどしなかった。上海には一流の娼館がいくつかあったものだ。共産中国は性の問題に関して青幇派《せいとうは》すぎる。可愛い女どもがみんな工場や農場へやられてしまった。

こんなまずい資源配分はない。〝最有効使用の原則〟を踏みにじるものだ。

ヴォロシェーニンはかつての北京を覚えていた。一九二〇年代、三〇年代の悦楽に満ちた時代、天安門広場の南に広がっていた裏街〝八大胡同《はちだいことう》〟には賑《にぎ》やかな繁華街があり、宣《せん》武《ぶ》区の狭い路地には茶店や阿片窟、歌劇場のほか、娼館もあった。

当時は夜になるとあの界隈《かいわい》でうまいものを食べ、軽く酒を飲み、京劇を観てから、下半身方面のお愉しみを追求したものだ。劇場で目をつけた女優を連れ出したり、金のかかる高級娼婦を買ったり。高級娼婦はお茶を出し、歌を歌ってから、おもむろに肝心の仕事にとりかかった。

娼館のマダムとの交渉すらも愉しんだ。マダムたちは品書きから料理を選ぶように女を選ぶのは礼儀に反すると考えていた。客には施設の維持・修理費の〝貸し付け〟を求めるのだ。〈金華家〉や〈小鳳翔〉のような一流の娼館には趣《おもむき》深い作法があった。

ところが〝改革者〟どもがそういうものをだいなしにした。まずは紳士気取りの蔣介石、次が毛沢東。北京は昔の宦官《かんがん》に支配されたように性的なものとは無縁になった。もちろん、少数ながら〝夜の女〟はいる。つねに逮捕の危険がある独立営業の街娼だが、そういう女と遊ぶのなら、今の北京では手に入らないいい薬をどこかで調達しなければならない。

新しい中国でどんな非合法なセックスでも愉しめるのは毛主席だけだ。ソ連の諜報活動は、毛が人民歌劇団の〝女優〟たちから成る夜伽《よとぎ》の軍団を抱えていることを突きとめている。人民が飢えているとき、あの男は自分だけ愉しんでいるのだ。

スターリン主義者であるヴォロシェーニンの目から見ても、毛沢東の中国は壮大なる空想の国だった。いかれた国をいかれた男が支配している。そう言うのはたやすい。しかし毛はいかれていると同時に狡猾《こうかつ》でもある。いかれた行動もすべて自分の権力を強めることに役立てているのだ。

三反運動は中国からみるみる中産階級をなくしていった。そして最近始まった五反運動

――脱税、国家財産の盗取、怠業、賄賂《わいろ》、経済情報の盗取をなくす運動――はまもなく私企業家を一掃してしまうだろう。

毛はまた朝鮮戦争を口実に〝スパイ〟や〝外国の手先〟の摘発に乗り出した。それは三十年前のソ連における赤色テロを思わせた。市民は互いに監視し合うことが奨励された。自殺と処刑は日常茶飯事となり、国じゅうに猜疑心《さいぎしん》と恐怖と被害妄想が蔓延《まんえん》した。

スターリンのおやじが羨《うらや》むはずだ。

ウォッカを一気に飲みほしたとき、レオートフの特徴的なノックが聞こえた。おずおずとしたその音は、まるでネズミが叩いているようだ。寒い刑務所国家で何カ月も過ごしていると、この補佐官がいよいよ苛立《いらだ》たしくなってきていた。北京にいると誰でも頭がいかれてくるのだ。

「入れ」

レオートフがドアを開けて首だけのぞかせた。この状態で改めて入室の許可を得ようとするように。「三時の打ち合わせの時間です」

「ああ、もう三時だな」

レオートフは机の前まで小股に歩いてくると、坐れと言われるのをじっと待った。

これは毎日やってることだぞ、とヴォロシェーニンは思う。毎日午後三時にこれをやってるんだ。なのにおまえは机の前にぼうっと立って許可待ちか。何も言われなくてもその痩《や》せたケツをさっさと椅子に据えりゃいいだろう。

まったく気が変になりそうだ。

女が欲しい。

「で、この精神病院で何か新しいことは起きているかな」

レオートフは瞬《まばた》きをし、ためらった。これは自分を告発して粛清を受けさせるための言葉の罠だろうか。

「報告事項はないのか」とヴォロシェーニンはせっつく。

レオートフは安堵《あんど》の溜息をついた。いつもどおりの報告にとりかかる。いろいろな委員会にいる情報提供者からの情報、朝鮮半島での軍事的膠着《こうちゃく》状態についての国防部長の見解、腐敗官僚と反革命分子の処刑の現況。それから、「今日は西洋人がひとり到着しました」とつけ加えた。

ヴォロシェーニンは退屈しきって聞いていた。「そうか。誰が来た」

「ミシェル・ギベールという男です」

「ひとりか」

「はい」

レオートフはユーモアを解さない。今のわが国がトラクターのギアのように大量に製造しつつある面白みのない人間のひとりだ、とヴォロシェーニンは思っている。チェスの相手にはならない。ひたすら地道で、想像力がなく、型どおりの手しか打たない退屈な男だ。そのうち面白半分に逮捕させて尋問を受けさせてやろうと思っている。「続けろ」

「国籍はフランス。フランス共産党とつながりのある武器商人の息子。父親はレジスタンス運動にかなり貢献したようです」

「戦後は誰でもそう言うんじゃないのか。いや、今のは質問じゃないからな、レオートフ。正しい答えなんぞ考えんでもいい。おまえが一生懸命頭をひねっているのを見るとむかつくんだ。そのギベールとやらは北京へ何しにきた？」

「よくわかりません。ですが今夜、劉将軍の副官で余大佐という者と食事をすることはわかっています」

それは面白い、とヴォロシェーニンは思った。フランスの武器商人が、国防部長の副官と飯を食う。中国政府はフランスから武器を買おうというのではないだろうが、何か緊急の用件があるらしい。そうでなければ中国側は、自分たちが有利な立場に立てるまでそのギベールとやらを何週間か待たせるはずだ。劉将軍のような大物と接触するには、本来なら官僚組織の梯子《はしご》を何段ものぼらなければならない。それが初日から副官との食事というのは……

「で、どこで飯を食う」

「北京飯店の宴会室です」

「つまり宴会をやるんだな」

「まあそうでしょうね」

ヴォロシェーニンはレオートフをじっと睨む。「今のは皮肉か」

「とんでもないです」

睨みつづけていると、レオートフの鼻の下に汗の玉が浮きはじめた。ヴォロシェーニンは満足して言った。「劉の秘書に電話して、招待状をなくしたんだが食事は何時からだったかと訊け」

「教えてくれるかどうか——」

「鼻薬はたっぷり嗅《か》がせてあるだろう」ヴォロシェーニンは邪険《じゃけん》にさえぎる。「招待状を一本書かせるんだ。鶏だか鴨だかをもう一羽絞めて、一人前増やせと言え」

「はい、同志」

「同志はいいからさっさと行け、ヴァシーリー。電話がちゃんとつながるか確かめてこい」ヴォロシェーニンが言うと、レオートフは飛びあがって戸口へ行った。ドアをゆっくりと閉める。少しでも音を立てると叱られるとばかり。まったくむかむかする。

突然現われたそのギベールとやらにも、むかむかした。自分が進めているゲームは今、重要な局面に差しかかっているのだ。ナイトかポーンをひとつ動かせば、チェックメイトという局面に。この国のキングを盤上から排除できればどんなに痛快であることか。

あの胸くそ悪い毛沢東とは二十年付き合ってきた。やつの限りなく肥大化したエゴ、性的放縦、心気症、偽善、果てしもない裏切りと強烈な野心に耐えてきた。だがもうすぐ、竹籠《たけかご》入りの毛沢東主席の首が天安門から吊るされているのを見ることができる。

後釜《あとがま》はすでに選んである。満州を押さえている高崗《こうこう》東北行政委員会主席で、当人もその気になっている。ヴォロシェーニンを介してモスクワから許可が出るのを待っているところだ。

今後数ヵ月間に計画どおり事が運べば、厄介きわまりない毛沢東が排除され、柔軟性のある高《こう》が最高権力者となるのだ。

だから今ここで状況が複雑になるのは困る。とりわけ劉将軍の介入は避けなければならない。あの男は頭が切れ、果敢で、他人に操られるのを好まない。買収の申し出はすべて拒絶した。その彼が、フランスの武器商人と何をしようというのか。

ヴォロシェーニンは机の抽斗《ひきだし》を開けてひと瓶のウォッカをとりだした。午後は一杯だけと決めているが、北京の無粋な空気が骨までこたえてきて、酒を飲まずには性的欲求不満が鎮められないのだ。今夜の宴会には女優が同席するのかもしれない。いや、ことによると娼婦だろうか。

しかし女優と娼婦に違いなどあるのか。

そもそもそんな接待はあるのか。

一気に酒を飲みほし、腕時計を見て、秘密警察長官の康生《こうせい》に会いにいく時間はあると判断した。また自分で立てた誓いを破ることになる、とヴォロシェーニンは悲しい気分で考えた。康生などには会わないほうがいいと分別の声はいさめるが、どうしても引き寄せられてしまうのだ。

22

黒ずくめの男、康生。

今は黒いローブに黒いゆったりしたズボン、黒い上靴《うわぐつ》だが、公《おおやけ》の場には中綿入りの黒いコートに黒い背広、毛皮の裏地をつけた耳当てつきの黒い帽子という姿で現われることで知られている。もっと下位の者なら、この目立つ服装は反革命的な頽廃《たいはい》とされて、まずいことになるかもしれないが、北京でそんなことを考えたり、口に出したりする度胸のある者はいなかった。

康は一九三〇年代から毛沢東の拷問係を務めてきた。江西省では毛の競争相手を何千人も拷問。延安では生き延びた者が、毎晩洞窟の中で犠牲者たちがあげつづける悲鳴を聞いたと証言した。康は拷問について知らないことは何もなかったが、彼の名誉のために言い添えておけば、人間を悶絶させる新しい方法をつねに模索しつづけていた。

現に今も、康は実験に精を出していた。

康の新しい住居は、北京中心部の北寄り、鐘鼓楼《しょうころう》の近くにある最近死んだ元資本家の邸宅だった。小さな宮殿のような邸宅には客用の離れがいくつもあり、今は大勢の武装した警備員が住んでいた。そのほか広い中庭、塀《へい》で囲まれた小庭、砂利敷きの通路がある。康は邸宅にほとんど手を加えなかったが、ただひとつ、裏庭にコンクリートで内側を固めた〈洞窟〉をつくった。

そして今、洞窟の中で湯呑みを手に椅子に坐り、被疑者があげる悲鳴を愉しんでいた。それは中国北西部に勤務していた元将軍の妻で、元将軍は台湾の国民党政府のためにスパイ行為を働いた容疑をかけられていた。漆黒の髪に雪白の肌の美しい若い女で、その身体を眺めていると官能の愉楽をそそられる。女は勇敢にも夫の有罪を裏づける事実を何ひとつ告白しようとしなかった。

康は女が忠実な妻であることに感謝の念を覚えていた。おかげで愉楽を長引かせることができるからだ。「おまえの夫は帝国主義勢力のスパイだ」

「違います」

「夫から聞いたことを話せ。閨《ねや》でささやかれたことを話すんだ」

「何も聞いていません」

ノックがお愉しみを中断させた。

「何だ？」

「お客さまです。同志ヴォロシェーニンです」

康はにんまりした。権力と影響力を得るにはいろいろな方法がある。「通せ」

23

現在の中国の水道事情に関して大事なことは、贅沢《ぜいたく》を言ってはいけないということだ、とニコライは思い定めた。

三度試してようやく浴槽の蛇口から出た湯は、火がつきそうなほど熱かった。すべてか無かという反応はしょっちゅうだ。

ゆっくりと身体を湯に沈めながら、ニコライは東京の家で風呂に入ったときのことを思い出した。もう大昔のことのようだが、ほんの四年前のことにすぎない。渡辺老人や田中姉妹との生活は、短かったが愉しかった。その中で、ニコライは〈シブミ〉の精神を涵養《かんよう》したのだった。

あの生活がずっと続いていたら、とても幸福だっただろう。岸川将軍に名誉の死を与え、アメリカの占領軍に逮捕され、拷問を受け、拘置所に収容されることがなかったならば。

それが今、身柄の自由と引き換えに、ちょっとした仕事を引き受けることになった。

ユーリ・ヴォロシェーニン暗殺という仕事を。

ニコライは拷問者を軽蔑している。身を守れない相手に苦痛を与えるサディストは死に値する。

だが、ヴォロシェーニンはニコライの暗殺者リストに載っている拷問者のひとり目にすぎない。

その次に始末しなければならないのは、ダイアモンドとその部下たちだ。ニコライは彼らから肉体と精神にひどい傷を負わされ、もう少しで廃人にされてしまうところだった。アメリカ人たちはヴォロシェーニン暗殺の任務でこちらが生き延びることはないと考えているが、そこであっと言わせてやるつもりでいる。ダイアモンドとそのふたりの部下に奇襲をかけるのだ。

そうなれば、おそらく永久にアジアを去ることになる。それを思うと悲しくなり、また欧米での生活に不安も覚えた。素性から言えばヨーロッパ人だが、かの地にいたことは一度もない。暮らしたのは中国と日本だけであり、どちらかというと自分をアジア人だと感じている。さて、どこで生きていこうか？　アメリカはもちろんだめだが、それならどこがいい？

フランスがいいかもしれない。それならソランジュが喜ぶだろう。どこか静かなところで、彼女と一緒に暮らすのがいい。

ニコライはソランジュのことを頭から追い出し、現在のことに精神を集中した。頭の中で碁盤を思い浮かべ、自分は黒の石をとり、現在の状況を表わしてみた。目下の急務は、ヴォロシェーニンに近づくこと。ヴォロシェーニンを弱い立場に追いこむための根拠地をつくるのだ。

厳重に監視されている以上、ただ標的を尾行して好機を見つけるという単純な仕事ではすまない。標的を人目のない場所へおびき寄せると同時に、中国側の尾行をまかなければならない。

脳裏の碁盤を睨《にら》んで考えてみるが、妙手は浮かばなかった。しかし案じることはない。碁盤は人生と同じで、静的でも単純でもないからだ。相手も考え、動いている。好機を与えてくれるのは、しばしば相手の動きなのだ。

忍耐が肝心だ、とニコライは自分に言い聞かせた。囲碁の名人、大竹七段の教えを思い出した。敵が短気な性格なら、じっとしてはいない。きっと自分から探しにくる。そのとき敵は、みずからの弱点に門を開いてくれるだろう。

敵が近づいてくるのを待て。

ニコライは浴槽に深く身を沈め、熱い湯を愉しんだ。

24

人間の弱い部分を研究しつづけてきた康生は、ヴォロシェーニンが拷問に魅せられているのを察知した。その気配はロシア人の身体から、汗とアルコールの混じった臭いと同じようにはっきりと感じとれた。

だが、道徳的非難などはしない。おのれ自身がサディストだからだ。それは本性というものである。康とともにヴォロシェーニンが悶《もだ》え苦しむ人間を見て悦びに浸っているのは、性的嗜好《しこう》の問題にすぎないのだ。とはいえ、体臭のほうは耐えがたい。本性は変えられなくても、風呂ぐらい入ればよさそうなものだ。

ヴォロシェーニンは女から無理やり視線を引きはがして言った。「じつは仕事の話で来たんだ」

康はにやりと笑った。仕事というのは口実だろうが、まあよい。そういうことにしておいてやろう。

「〝オペラを歌う雌狐〟を」と康は助手に命じた。比較的穏やかだが風趣に富む責め方で、嗜虐趣味を解するとともに京劇通でもあるヴォロシェーニンにはたまらないはずだ。「慢板《マンバン》」と康はつけ加えた。京劇の用語でゆっくりめの四拍子のことで、そのリズムで殴打せよという意味だ。ヴォロシェーニンを喜ばせるための指示だった。「書斎で話そうか」

康はヴォロシェーニンを引き連れて隣室に入った。ドアは半開きにしておく。

「で、仕事の話とは？」相手の当惑を愉しみながら尋ねた。

「今日着いたフランス人のことなんだが」とヴォロシェーニンは答えた。もちろん康もその人物のことは知っていた。北京で起きることはすべて秘密警察長官に報告が行く。

ヴォロシェーニンは高く鋭い泣き声を聞いた。なるほどそれは雌狐が雄を呼ぶ声に似ていた。

康はどうだね、という顔で微笑んだ。「ギベールのことかね」

「たしかそういう名前だった」

「その人物がどうかしたのかな」

「何をしにきたんだ」

「われらが革命の弟分にあたるヴェトナムとの武器取引のことだと聞いている」

「ヴェトミンに武器を売ろうというのか」

「そのようだな」

「その男はフランス人だろう。なのに自国の敵に武器を売るのか」

「武器商人は国の選り好みをしないし、資本主義的な倫理も知らないのではなかったかな」

女の泣き声は完全に全体の趣向に合致していた。

ヴォロシェーニンは反論した。「ヴェトナムはソ連寄りだぞ」

「地球儀を見ればあまり寄っていないのがわかる」

「中国はヴェトナムの独立運動に冷淡じゃないか」ヴォロシェーニンは、女のうめき声を聞きながら、唸るような声で言う。

康も女の声を聞いていた。今はそのうめき声が主旋律となっている。「これは心外だ。われわれは帝国主義の鞭《むち》のもとで苦しむすべての人民に満腔《まんこう》の同情を寄せているぞ」

「ギベールの件は劉が主導しているのか」

「そのようだな」

「あんたは彼を信用しているのか」

「わたしは誰も信用しない」

諜報界の上層部にいる者には公然の秘密だが、劉将軍は毛沢東を嫌い、排除する機会をうかがっていた。劉がまだ生きていて、康の洞窟へ来ずにすんでいるのは、彼の個人的実力と、軍内での人望のおかげだ。

毛沢東を嫌う点においては、ヴォロシェーニンも劉と同じだが、劉の台頭はクレムリンには面白くない。クレムリンはすでに満州に自分たちの意中の男を用意しているからだ。その男は完全な傀儡《かいらい》だが、劉はソ連の指図を受ける立場になく、おそらく西側諸国との関係を強化するだろう。

それは許すわけにはいかない。

女が水晶のように澄んだ高い声をあげた。

ヴォロシェーニンは腰をあげた。「もう行くよ」

あと十年、と康は考えた。ソ連との同盟関係はあと十年、絶対に保たなければならない。中国南西部では軍事工業地帯が極秘に建設中で、十年たてば完成する。そのころには中国は原子爆弾を保有しているだろうし、経済的にも躍進して、社会の変革を成し遂げているだろう。そのときこそ、あの偉そうにこちらを指導する新しい帝国主義の国ソ連との関係を清算するのだ。

その計画を実現するには、あと十年はソ連からの経済支援と軍事的保護が必要だ。その邪魔になる動きを許してはならない。康も立ちあがり、ヴォロシェーニンの肘に手を添えて、ふたたび拷問室に導いて訊いた。「あの女が欲しいかね」

ヴォロシェーニンは答えない。康はその沈黙を肯定の返事と受けとった。女のところへ行って尋ねた。「おまえは夫を救いたいか」

「はい」

「それならおまえにもできることがある」

「何でもやります」

康はヴォロシェーニンを脇へ引き寄せた。

「あの女を抱きたまえ。どうでも好きにするといい。わたしからの贈り物だ。ついでに快楽を増す方法を教えようか？　きみがいよいよ絶頂に達するとき、女の耳もとで本当のことをささやいてやれ。おまえの亭主はもう死んでいると。きっとすばらしいことになるぞ」

康はヴォロシェーニンを女とふたりきりにしたが、部屋のすぐ外で女の声調《せいちょう》の微妙な変化を味わった。それは京劇で〝娃娃調《ワ・ワ・ディアオ》〟と呼ばれる、感情が最高潮に達したときの歌い方だった。

25

料理は美味この上なかった。

上海生まれのニコライには、華北の料理はどこか野蛮で、華南の料理のほうを上とみる贔屓目《ひいきめ》がある。だが、この北京料理のすばらしさには驚いた。

「故宮御膳房の料理です」と、讃辞を呈したニコライに余大佐は説明した。「考えてみれば納得できる話ですね。皇帝なら中国で最高の料理人をそろえられる。そうした人たちの技が今に残っているんです」

なるほど、とニコライは思った。

宴会はまず辛くて酸《す》っぱいスープに始まり、甘口の鎮江香酢で味つけした排骨《パーコー》、炸丸子《チャアワンズ》、そしてもちろん、餃子。余大佐は丸いテーブルの上席、すなわち自分の左隣にニコライを坐らせた。料理のいちばんいいところを選んで、ニコライの皿に盛る。

これも特別待遇の証拠だ。

余大佐は大皿から冷たい猪耳《チューアール》をひとつ選び、ニコライの皿にのせる。それから自分もひとつ味わい、よしとうなずいた。「わたしは南のほうの人間です。四川省の山猿でしてね。華北の料理になかなか慣れなかった。しかし、なかなか美味《うま》いでしょう」

「とても美味《おい》しいですね」とニコライは答えた。余大佐は本人の言うとおり、風貌は猿めいている。劉将軍の側近にしてはたいそう若く、いかにも田舎者風だが、優秀な幕僚だった。今夜は軍服ではなく人民服を着ているが、上着は大きなポケットの縁に至るまでびしっとアイロンがかけられていた。濃い髪は今風に短く切られている。

「まあ、米の飯が恋しいのは確かですがね」と余大佐は言う。「こう麺類ばかりだと……」

ほかの会食者は予想どおり愛想笑いをした。

ヴォロシェーニンが言った。「しかし、きみほどの地位にいるなら、華南から極上米を取り寄せられるだろう」

ニコライはヴォロシェーニンの流暢《りゅうちょう》な北京官話に感心した。余とはごく気安い調子で話をする。食事の前に飲んだ三杯の茅台酒《マオタイ》のせいもあるのだろうか。ニコライも礼を失しないよう三杯とも飲んだが、たしかによく効く酒ではある。

「でも、皇帝じゃないですからね」と余大佐は愉快そうに言う。会食者はみなそれが毛沢東をほのめかしているのを知っていた。毛は最上級の米を取り寄せ、手で脱穀させるのだ。

ニコライはその意味に気づいた。余大佐は自分の地位にいれば毛沢東を軽く揶揄《やゆ》しても大丈夫だと思っている。

ヴォロシェーニンは手を伸ばして、猪耳《チューアール》をひと切れ箸《はし》で突き刺した。その動作をきっかけに、ニコライに訊く。「北京は今回が初めてですかな」

「そうです」

「中国へ来たのも？」

「というわけでもありません。香港で生まれ育ちましたから」

「あそこはイギリス領でしょう」ヴォロシェーニンはわざと中国人たちの神経を逆撫《さかな》でして彼らをからかう。

「イギリス人はそう考えていますがね」とニコライは応じた。「実際にはもうイギリス領じゃありません。モンゴルがロシアでないのと同じようにね」

余が高笑いをした。

「気を悪くされると困りますが」ニコライはヴォロシェーニンをまっすぐ見て言った。

「いや全然」とヴォロシェーニンは答えたが、皮肉が意図的であり、その意図どおり受けとめられたことは、どちらも知っていた。ヴォロシェーニンは目をじっとニコライに据えた。

ほかの会食者はこの全然中国的ではない、西洋的な、あからさまな衝突に気づいていた。ニコライの左隣に坐った陳は、給仕が菖蒲《しょうぶ》の花で包んだ豚レバー揚げを運んできて、緊張がとぎれたことにほっとした。

だが、ヴォロシェーニンはそこでやめなかった。「フランスもアジアに植民地を持っている。たしかそうでしたな」

ニコライは同意した。「正確に言えば、仏領インドシナですね」

「正確さは大切だ」

「まさしく」

「もっとも」ヴォロシェーニンは瀬踏《せぶ》みをする。「フランスがあとどれだけ押さえていられるかは疑問ですな。つまりヴェトナムをね。ホー・チ・ミンが手に負えなくなっておるでしょう」

「時間の問題でしょうね」と余が口をはさむ。

「軍備のことで言えば」とヴォロシェーニンは余に言う。「ヴェトミンは近代的兵器の安定した供給を受けなければ闘争の次の段階には進めないんじゃないかな。今の軍備ではフランス側の火力にかなわんだろう。とくにアメリカがフランスに武器供与をしている今は」

「どんな反乱であれ、成功するためには」余大佐はテーブルの向かいのロシア人を見る。「ゲリラ戦から通常戦に移行する必要がある。われらが敬愛する毛主席が教えられたとおり」

余大佐は豚レバーをひと切れ、ニコライの皿に置いた。

「だから武器がなければそれは不可能だろう」とヴォロシェーニンは押す。

「そう」と余大佐はあっさり認めた。「不可能です」

「それで、あなたは何の用で北京へ？」ヴォロシェーニンは形の上では話題を変えながら、目論見《もくろみ》どおりに探りを入れつづけた。

「仕事です」とニコライは答えた。

「農業用機械とか？」ヴォロシェーニンはとぼけて尋ねる。「灌漑《かんがい》システムとか？　そういう関係ですかな。アメリカが禁輸措置をとっている折から、あっぱれなことです。しかし、あなたはどこかで見たことがあるんだな、ミシェル。その目もとがね。わが国にいたことは？」

ニコライは相手の目がこちらの反応をうかがっているのを見た。ヴォロシェーニンは餌を投げて引っかけようとしている。なぜだ。何か知っているのか。情報が漏れたのか。こちらが北京に来た本当の理由を知っているのか。

「いえ」とニコライは答えた。「あなたはモンペリエにいらしたことは？」

「フランスの？」

「ええ」

「あるが、あそこで会ったんじゃないな」ヴォロシェーニンは不躾《ぶしつけ》にまじまじとニコライを見つめた。が、やがて言った。「気を悪くしないでもらいたいが、レニングラードである女を知っていた。その女と目もとが似ているんだ。その女は……いや、まあ、ともかくここにいるわれわれはみんな同志だ。そうですな、諸君？」

反応はない。だが、ヴォロシェーニンは、中国では性的な事柄を話題にしないのが普通であるにもかかわらず、さらに続けた。「その女はベッドでは奔放でね。ありとあらゆる方法でいただいたよ。この意味がおわかりになるかどうか知りませんがね」

小さく笑いが漏れたが、ひどく気まずい空気になった。ヴォロシェーニンには今夜の主《しゅ》賓《ひん》の気分を害してもわが身に危険はないという自信があるようだった。もちろん好ましいことではないのはわかっているはずだが、かまうものかと思っているのが、最前から顔に浮かんでいる狡猾《こうかつ》な表情からうかがえた。

母にまつわるあの下劣な話はどう解釈すればいいのだろう。まぐれなのか。知っているのか。こちらを試しているのか。

今すぐけりをつけたいとも思った。簡単なことだ。箸を目から脳まで突き刺してやればいい。一瞬ですむ。壁ぎわで犬のように待っているヴォロシェーニンの用心棒たちには、上司の死を確認する以外にできることはない。

だが、それは自殺行為だ。

そこでヴォロシェーニンの目を見返し、にっこり笑って訊いた。「あなたは秘密を守れますか、同志ヴォロシェーニン？」

ヴォロシェーニンも微笑みを返してきた。「生まれつきその才能に恵まれているよ」

ニコライは相手のほうへ軽く身を乗り出してひたと目を見据えた。「ここへ来た目的は殺《キリング》しです」

陳が息を呑んだ。

ニコライは笑った。「申し訳ない。英語のスラングを使ったつもりですが、言葉が足りませんでした。〝ぼろ儲《メイク・ア・キリング》け〟と言いたかったんですよ」

一同は笑った。ヴォロシェーニンは顔を紅潮させて言う。「それでも共産主義者ばかりのテーブルで今の発言はいい度胸だな、わが友《モ・ナミ》よ」

「わたしのような人間はたしか〝役に立つ資本家〟というんじゃないですか」とニコライは受けた。ヴォロシェーニンの目を見ていても、どこまで知っているのかを示す兆候は何も現われない。さっきは間違いなく侮辱されて腹を立てたようだが、こちらが言い間違いだと釈明したらほっとしたようにも見えた。

「そのとおりです」と余が答えた。「さあ食事の席で仕事の話はもういいでしょう。あなたに尋問するような真似をして、招待主としては失格ですね。もっと親愛の情をこめておもてなししないと。それで、北京では何をご覧になりたいですか、同志ギベール？」

ニコライは天壇、紫禁城、万里の長城と、それらしい名所を並べた。それから、そろそろ盤上のヴォロシェーニンの白地に攻めこんでみることにした。わざわざ向こうから会いにきてくれたのだから、返礼をすべきだろう。

「それと京劇見物ですかね」ニコライはヴォロシェーニンの視線を避け、余を見ながらつけ加えた。「できれば本場北京の京劇をぜひ観てみたいんですよ」

「京劇の愛好家なのかね」ヴォロシェーニンはいたく興味を惹《ひ》かれたようだった。

「いや初心者ですがね」ニコライは心の目で、相手の白い石がこちらに割りこんでくるのを見た。こちらはおまえのファイルを読んでいるんだ、趣味などは先刻承知だよ、とニコライは思う。「香港で観るのは難しいし、フランスではもちろん無理だ。でも、まあ好きなので、愛好家と言えなくもないです」

「今週観に行くんだが、よかったら一緒にどうかな」とヴォロシェーニン。

「本当ですか。それはご親切に。ご面倒でなければぜひ」

「面倒なことはない。どのみち行くのだから。演目は『西廂記《せいしょうき》』で、劇場は正乙祠《せいおつし》大戯楼《だいぎろう》。荀慧生《じゅんけいせい》が侍女の紅娘《こうじょう》をやる」

「前からずっと観たかった俳優です」

余が言った。「今のうちに観ておくことです。党は男が女の役を演じるのをよく思っていません。頽廃的《たいはいてき》で不自然ですからね。ああいう時代錯誤的な芸能はまもなく禁止されるでしょう」

「しかし荀は名優だぞ」とヴォロシェーニンは反論する。

「古くさい歌劇など観るのは時間のむだですよ」余大佐は鼻で笑った。「大昔のおとぎ話だの甘い恋物語だのは旧支配階級のものだ。京劇はもっと社会の進歩と人民の教育に役立てるべきです」

「毛沢東夫人は京劇の熱心な愛好家だよ」

「知っています」と余大佐は返す。「今、新しい戯曲も書いておられる。人民に共産主義の原理を教えるための歌劇をね」

「そりゃすごそうだな」とヴォロシェーニンはそっけなく言う。ニコライに顔を戻して、「よかったら、わたしのボックス席にどうぞ」

敵が短気な性格なら、じっとしてはいない。きっと自分から探しにくる。そのとき敵は、みずからの弱点に門を開いてくれるだろう。

敵が近づいてくるのを待て。

「どうかお願いします」とニコライは言った。

約束したぞ、劇場で会うことを。

数人の給仕が新しい大皿を運んできて、テーブルの真ん中に置いた。ニコライは陳が自分を見ているのに気づいた。反応をうかがっている。失望させないために、ニコライは尋ねた。「これは何ですか」

「羊霜腸《ヤンシャンチャン》、羊の腸に血を詰めたものです。珍味ですよ」

余と陳はニコライの反応を待つ。

ニコライはこの宴会が儀式であるだけでなく、礼儀作法や言葉遣いや気質の試験でもあるのを知っていた。それはまた昔からよく使われる罠でもある。取引相手に大量の料理と酒をふるまい、脳へ行く血を消化のために使わせて、判断力を鈍らせるのだ。

また料理の選択もニコライの出方を試す手段になっているようだ。長いあいだ西洋諸国から慇懃《いんぎん》無礼な文化的優越感を誇示されてきた中国人は、ニコライが中国の流儀を尊重するかどうか確かめたいのだ。ここで彼らの文化を軽んじるような態度をとれば、任務の隠れ蓑《みの》になっている商取引は不調に終わるかもしれない。

ニコライはヴォロシェーニンがかすかに顔色を変えたのを見ていい気味だと思った。そして彼自身は余が取り分けるのを待たずに箸を使ってひと切れヴォロシェーニンの皿に置き、自分もひとつとって直接口に入れた。

「すばらしい」とニコライが言うと、招待した側の中国人たちは嬉《うれ》しそうな顔をした。ヴォロシェーニンを見て、「あなたはお好きじゃないんですか」と訊いた。

ヴォロシェーニンは血の詰まった小腸を口に放りこんだが、嫌悪の表情は消せなかった。

ニコライはちょっとした勝利感を覚えた。

腸詰のあとはデザートとなった。西洋人ふたりに合わせたのだが、出たのは砂糖漬けのヤムイモや蜂蜜ケーキや豆腐花《トールーフア》といった中華風のものだった。

ニコライはもう腹がはちきれそうだった。

余が椅子の背にもたれて言った。「さあ、これでいよいよ飲めますね」

それぞれの出身国に敬意を表して、酒は茅台《マオタイ》、ウォッカ、ペルノーをちゃんぽんに飲んだ。ペルノーは給仕が埃《ほこり》まみれの瓶を棚の奥から探し出してきたものだ。

まずは乾杯をした。

「フランスの客人に」

「中国の友人たちに」

「三国の永遠の友好関係に」

これまた試験であることをニコライは知っていた。アルコールで舌をゆるませ、本当に触れ込みどおりの人間であるかどうかを確かめようというのだ。危険な試験だ。ヴォロシェーニンと飲み比べをするというのは賢い手ではない。ロシア人は筋金入りの大酒飲みだからだ。余も小柄な男ながら相当強いようだ。乾杯はさらに続いた。

「偉大な水先案内人であるわれらが敬愛する主席に」

「人民に道を指し示す同志スターリンに」

「ジャン・ジョレス（フランスの社会主義者）に」

乾杯のあいまに、ニコライは頭を明晰《めいせき》に保つべく苦闘しながら事前の注意事項を思い出そうとし、かたやヴォロシェーニンは強引にギベールの故郷のことに話題を移していく。

「モンペリエに有名なカフェがあったな」とヴォロシェーニンはさりげなく言う。「パン・オ・ショコラで有名な店が」

「〈ル・ロシュフォール〉ですね」

「サン・マルタン広場にある」

「いや、サン・タンヌ広場」

「ああ、そうだった」

頭が重くなり、くらくらしはじめるなか、ニコライはソランジュの何度も問答をくり返す授業のやり方に感謝した。もちろん何かを覚えこむ作業は武術の稽古《けいこ》と同じで、反復が重要だ。くり返すうちに純然たる反射的対応ができるようになる。

ヴォロシェーニンはさらに突っこんでくる。真実と嘘を取り混ぜて、レストランや料理やサッカーについての思い出話を差し向けてきた。

ニコライは詮索《せんさく》をひとつずつ退けていった。

次に陳が香港の話をしだした。若いころ国民党の警察に追われていたときに、行ったことがあるとのことだった。ヴィクトリア・ピークやペニンシュラ・ホテルや九龍の露天市のことをあれこれ話した。

「お住まいはどこですか」と余大佐は訊いてきた。

「ザ・ピーク（ヴィクトリア・ピーク）です」ニコライはハヴァフォードから教えこまれたことを思い出してさらりと答えた。自宅の前で撮ったように合成した写真は陳のファイルに入っているはずだ。

陳はザ・ピークにあるという茶商のことを尋ねたが、実在しないので、ニコライは知らないと答えた。素面《しらふ》なら引っかかるはずのない初歩的な罠だが、三種類の強い酒が胃と頭の中で渦巻いているときには、油断できない。

宴会が始まってそろそろ四時間になろうとしているが、仕事の話はまるで出ない。だが、ともかく試験の合否がわかるのを待つしかなかった。

ヴォロシェーニンがふらつきながら立ちあがった。「わたしはそろそろ仕事場へ帰らなければならん。諸君もご存じだろうが、クレムリンのお偉方は宵《よい》っぱりばかりなのでね」

「こちらも同じですよ」余も椅子をうしろに押し、陳に支えられて腰をあげた。

「お会いできて光栄だった」とヴォロシェーニンは言った。「その目もと……思い出せればいいのだが……たしか伯爵夫人だったんだ……では歌劇場でお会いしよう。木曜日の夜だが、よろしいかな？」

「わかりました」とニコライ。

『西廂記』の上演中におまえを殺す。

ぐっすり眠っておけ、同志ヴォロシェーニン。

26

ヴォロシェーニンは冷たい空気で頭の中のアルコールの霧を晴らすため、歩いて帰ることにした。

ひとりの警護員が前を歩き、ほかのふたりが少し距離をあけて後方からついてくる。三人とも手をコートのポケットに入れ、拳銃の銃把を握っていた。ばかだなこいつらは、とヴォロシェーニンは思う。北京の、とくにこのあたりは、世界一安全な場所なのだ。犯罪者は公開処刑でほぼ根絶やしになっているし、暗殺を目論《もくろ》むやつがいるとは思えない。こちらを殺そうとする者がいるとすれば中国政府の連中だが、そうなったらこの三人では防ぎようがない。

だが、毛沢東はまだ下手《したて》に出てスターリンのタマをしゃぶっている必要がある。だからわれわれは中国では安全なのだ。いちばん危険なのは死ぬほどの退屈、あるいは肝硬変だろう。

それにしてもあの、本名かどうか知らないが、ギベールという男。

あれがフランスの武器商人なら、おれは日本の相撲取りだ。

オーデコロンがぷんぷん匂うところからいって、フランス人ではあるのだろう。だが、武器商人のブルジョワの臭いがなく、あまりにも……貴族的すぎる。あのちょっとよそよそしい高慢な感じは、まるでロシアの――

あの緑の瞳。

まさか、そんなことが？

通商使節団の本部に戻ると、ヴォロシェーニンは電話の受話器をとりあげ、レオートフを呼び出した。

「すぐ出てこい」

「しかし、夜中の二時――」

「こっちにも時計はある。今すぐ来るんだ」

五分後、眠たげでふてくされぎみの顔をしたレオートフが執務室に入ってきた。

「モスクワに電話しろ。ミシェル・ギベールとその一族についてのあらゆる資料が欲しい」

レオートフは腕時計を見た。

「言わなくていい」とヴォロシェーニンが先手を打つ。「ベリヤのところは不眠不休だ。その恐ろしさを自分で体験してみるか？　それからアレクサンドラ・イヴァノヴナという白系ロシア人についての全情報も集めろ。その女は二二年ごろにペトログラードを出たはずだ」

「もう三十年前ですが」

「ほう。よく調べたな、ヴァシーリー。おまえはもう調査の第一歩を踏み出したわけだ」

レオートフが退室すると、ヴォロシェーニンは机の抽斗《ひきだし》を開けて、酒をひと瓶とりだした。よしたほうがいいと思いながらも、ぐびぐびとあおった。

あのくそいまいましい緑の目……

27

劉徳懐《りゅうとくかい》は小柄な男である。

短く刈りこまれた鉄灰色の髪、華南出身の素性と苦難に満ちた経歴を示している陽灼けした皺《しわ》だらけの顔。四川省のゲリラ隊長から出発して長征で功績をあげ、八路軍の創設に携わったが、朝鮮戦争では総司令官として手痛い打撃をこうむった。

劉は最後の一兵卒まで死ぬという事態を覚悟したと言われている。もともと参戦には反対で指揮もとりたくなかったが、義務として引き受けたのだ。それから二年近くたった今、戦死した将兵三十万人のひとりひとりのことを思って、毛沢東に批判的な目を向けているとの噂だった。

余大佐はドアをノックし、入室を許可されると、将軍の机の前に置かれた灰色の鉄製の椅子に坐った。

余大佐は誰よりも劉将軍を尊敬していた。同じ四川省の出身である将軍は真の共産主義者にして愛国者であり、皇帝になったつもりの毛沢東とは大違いだ。毛は自分のために働いているが、劉将軍は中国人民に身を捧げているのだ。

「宴会はどうだったかね」と劉将軍は疲れた声で尋ねた。

「ヴォロシェーニンも来ました」

「やっぱり来おったか」

「ヴェトミンへの武器売却のことを知っていました」

劉将軍はうなずいた。「康生が教えたのだろう。うちにも秘密警察のスパイが入りこんでいるのだ」

「ギベールはよそへ移しましょうか？」

「まあその必要もなかろう。で、どういう男かね」

余大佐は宴会の模様を報告した。ギベールの中国についての知識、作法、知的能力、ヴォロシェーニンに対する小さな勝利。

「では、本物だろうと思うのだな」と劉将軍は訊いた。

「おそらく」

劉将軍は椅子の背にもたれて思案した。

余大佐は問題のありかを知っていた。

ソ連は中国がヴェトナムに影響力を持つことを懸命に阻止しようとしている。そこでその影響力を生むかもしれない武器供与に干渉したがっているのだ。

毛沢東は愚かだ。スターリンに唆《そそのか》されて朝鮮戦争に首を突っこみ、大損害を受けたのに、よりいっそうソ連から援助を得ようとしている。それが危険なことは地図を見れば一目瞭然だ。ソ連はすでに北朝鮮を支配している。それにより東北部の長い中朝国境線と黄海を押さえているわけだ。東北部の満州や北西部の外モンゴルには基地を保有している。西に目を転じれば、新疆《しんきょう》を虎視眈々《こしたんたん》と狙っている。かの地のイスラム教徒がカザフスタン、キルギスタン、タジキスタンとひとつになりたがっているのをいいことに。

ヴェトナムを勢力圏に収めれば、ソ連は中国の南の国境を押さえることができる。東南アジアにおけるフランスはすでに幽霊のようなもので、撤退は時間の問題だから、ソ連はカンボジアをたいらげ、軟弱なタイとビルマも取りこむはず。ソ連の工作員はインドでもせっせと活動している。

ソ連はまもなく中国の包囲網を完成し、満州とモンゴルの残りと新疆を呑みこむだろう。だからヴェトナムが鍵となる。朝鮮戦争の膠着《こうちゃく》状態はほぼ終息し、ソ連が北を押さえ、アメリカが南を押さえたからだ。

次の前線はヴェトナムだ。

問題はアメリカがフランスの後釜《あとがま》にすわるだろうということだ。アメリカにとっては恐ろしい間違いだが、中国も困ったことになる。アメリカがヴェトミンを攻撃すれば、米中関係が悪化し、中国はいっそうソ連寄りにならざるを得なくなる。

アメリカは一生懸命自分たちの最悪の悪夢を実現しようとしているのだ。一枚岩の共産主義勢力という悪夢を。

だが、中国の未来はソ連ではなくアメリカとの友好関係にある。劉将軍はそのことを知っているし、余大佐も信じている。アメリカと同盟してこそソ連との力の均衡を維持できるのであり、少なくとも友好関係を保つことで経済発展が得られるのだ。

間接的におずおずと接近を試みたが、アメリカの国務省と諜報部の保守的な勢力から反発を受けている。われわれが極左勢力を恐れるように、アメリカの外交当局は極右勢力を恐れているのだ。だが、ともかく接触は図っているので、少なくとも対話は始まるはずだ。アメリカの支援を期待できるなら、劉将軍は中国の未来を脅《おびや》かす似非《えせ》共産主義者の独裁者を攻めることができるかもしれない。

しかし、それが時間との戦いであることを余大佐は知っている。

ヴェトミンはヴェトナムでの戦いに勝利しなければならない。

アメリカはフランスからの地位を継承するため、資金と武器をフランスに供与し、CIAの工作員をヴェトナムじゅうに潜入させている。ヴェトミンが一気呵成《いっきかせい》にフランスを打ち負かせば、アメリカは介入をあきらめるかもしれない。そうなれば中国とアメリカは喧《けん》嘩《か》別れをせずにすむのだ。

一気呵成の勝利には武器が必要だ。

たとえば、ロケット発射機《ランチャー》が。

ただし、われわれがそれを供与したと知られるのはまずい、と劉は考えている。

代理人が必要だ。

つまり、ミシェル・ギベールが。

28

ニコライは便器の前にひざまずき、茅台《マオタイ》とウォッカとペルノー、それに食べたものの大半を吐き戻した。

まさに仏教で言う諸行無常だ、と嘔吐《おうと》のあいまにニコライは考えた。珍味佳肴《かこう》もかくて胸くそ悪いものに変わる。また吐いたあと、冷たい水で顔を洗い、歯を磨いた。

服は面倒なので脱がず、うつぶせにばたっと寝て、何時間か眠った。夜が明ける直前に目を醒まし、服を着て、暗号でメモを走り書きした。ハヴァフォードが平文に直したときには、〝京劇鑑賞、木曜夜〟と読めるメモだ。薄い紙を丸く巻いて細い筒に入れ、その筒を上着の左ポケットに収めた。

弱々しい太陽がのぼったばかりの街に出て、ことさらに大きな動作で伸びをする。眠たげなむっつり顔をした〝ニコニコおじさん〟が寒さのあまり自分の身体を両腕で抱いて現われた。

ニコライは駆け足を始めた。

冷気が肺を焼き、顔を刺す。だが運動は心地よく、心拍数があがるにつれて身体が温まってくる。北の北海公園に向かう道筋にはすでに労働者たちが出て、昨夜歩道に薄く積もった雪を片寄せる作業をしていた。肥料になる糞尿を郊外へ運んで戻ってきたトラックにも遭遇した。西単の胡同《フートン》では露天商が屋台の準備をし、ときどき作業を中断しては火鉢で手をあぶる。炭火の臭いがあたりに漂っていた。

ニコライは駆け足を続けた。ニコニコおじさんは息切れして引き離されていた。だが、じきにグレーハウンドが追跡に加わって追いすがってくるだろう。そこで速度をあげた。道に張った薄くて硬い氷を踏みそうになってよろけたが、バランスを取り戻して走りつづけ、やがて北海公園に着いた。

ふたたびゆったりした走りに戻り、湖の岸をたどる。

冬でも早朝の太極拳を欠かさない人たちが、銀色の空のもと、緩慢《かんまん》で優雅な動きをしていた。ニコライは不意に、中国に戻ったことに清々《すがすが》しい幸福感を覚えた。さらに湖岸を走ったあと、左へ折れて橋を渡り、瓊華《けいか》島に向かう。

橋のいちばん高いところで足をとめ、タイル貼りの手すりに両手をかけて、脚の屈伸運動をした。腕の下からうかがい見ると、グレーハウンドが岸沿いを走ってこちらに向かってくる。ニコライは左のポケットに手を入れ、身体を目隠しにしてメモをとりだし、はずれているタイルの下に滑りこませた。

屈伸運動を終えてふたたび走りだし、白塔のまわりを一周して、南門に向かった。ニコニコおじさんが南側の橋の上に立って手袋をはめた手で煙草を喫《す》っていた。ニコライはその脇を走り抜けてホテルに戻った。

ロビーの中は暑く息苦しかった。まっすぐ部屋へ行き、なまぬるい水を出して、急いで風呂を浴びた。魔法瓶の湯で湯呑み一杯分の茶を飲み、服を着て、ダイニング・ルームに入る。そこでもう一度茶を飲み、包子《パオズ》をひとつと野菜の漬物を少し食べた。包子のしっとりした柔らかい食感を愉しみながら、橋の上の〝秘密投函所〟のことを考えた。

うまくやったという自信があるが、まずい相手に見つかる可能性もあるのは確かだった。見つかったなら、今ごろは暗号解読班にまわされていて、まもなく身柄を拘束され、この国の拷問室を拝見することになるだろう。

案内役の陳がドアを開けて入ってきたが、表情は読めなかった。

「今朝《けさ》のご機嫌はどうです」と陳は訊いた。

「ちょっと疲れが出ているようだ。きみは？」

「元気です。余大佐がお会いしたいそうですが、すぐ出られますか」

ニコライはいつでも出られる状態だった。

29

身体の前で両手を組んだ僧が、白塔の中から出てきた。

この雪心《せっしん》という名の僧は、夜が明けてすぐ塔の中で瞑想《めいそう》を始めたが、ふと窓の外を見ると、橋の上で手すりにつかまってしゃがんでいる男がいた。

今、雪心はゆっくりと橋を渡っていく。ゆっくり歩くのは、急いでいると見られたくないのもあるが、脚が曲がっているせいでもある。

命を危険にさらしているのはわかっている。公園を散歩している者、太極拳をしている者、街娼、あるいは別の僧が警察の捜査員で、誰が通信文をとりにくるかを見張っているのかもしれない。

もしそうなら、警察の対応はふたつにひとつだ。その場で逮捕するか、尾行して一味の全員を検挙しようとするか。だが、もちろんどちらも避けなければならない。自分は経験を積んでいるから、監視の目があればわかる。いよいよのときはわが身の始末をつけることもできる。

とにかく絶対に捕まりたくない。

なぜなら前に一度、捕まったことがあるからだ。

拷問されて、知らなくてもいいことを知った。自分の喉《のど》から振り絞られる悲鳴の音色だ。監房に戻されると、同房者の情けだけが生きている気力を与えてくれた。死を願ったときにも希望を与えてくれた。ふたりはほんのひと握りの米の飯を分け合った。

それから十年たった今も、雪心は足を引いて歩く。

生きているのが不思議だった。日本軍が攻めこんでくる直前、全員殺されることに決まったのだ。刑務所の外の野原を歩かされ、先をとがらせた木の棒を渡されて、細長い溝を掘れと命じられた。

共同墓地となる溝が完成すると、その前に並ばされた。雪心は弾丸が命を絶ってくれるのを切望した。だが指揮官は、おまえたちに貴重な弾丸を使うのはもったいないと言った。全員、刃物で殺されることになった。

処刑が始まった。銀色の刃が躍り、血しぶきが飛んだ。雪心はうしろ向きに溝に落ちた。これで死ねると喜んだ。何日もたったような気がしたあと、土が上から降ってくるのを感じた。わたしはまだ生きているぞ、と叫びたかったが、恐怖と土が身体に当たる痛みで声が出なかった。

夜、雪心は意識を取り戻した。

霧の中を幽霊のようにやってきた男たちが、土の中から雪心を文字どおり引っぱりあげた。数週間後に立てるようになり、その後歩けるようにもなった。それを歩くと称することができるならだが。毎晩、悪夢を見た。墓の中で目醒める夢を。

雪心は橋のゆるんだタイルのそばを通りすぎざま、すっとメモを拾いあげて僧衣の懐《ふところ》へ入れた。もう一方の手には細身の鋭い短刀を握っていた。誰かが捕まえにきたり、誰かに尾行されているのに気づいたりしたとき、自害するためだ。

だが、そんなことは起こらなかった。

誰の目も惹《ひ》くことなく、北門を出て、その北側の胡同《フートン》に入っていった。五分後、小さな家の奥の、仄《ほの》かなライトをともす小型無線機の前にしゃがんで、暗号通信文を送信した。

家を出るとき、雪心は胸のうちでつぶやいた。

〝蓮の中にある宝石よ〟（チベット仏教の代表的なマントラ《オーム・マニ・パドメ・フム》）。

30

刃は男の腹に深く沈みこんだ。

男は息をあえがせ、内臓を腹に押し戻そうとしながら路地でよろめく。人の多い市場に近いが、もう手遅れだ。

〈コブラ〉はナイフを引き抜き、身体の向きを変えて暗い路地を足早に歩き、ラオス北部の町ルアンパバンの表通りに出た。

この仕事は〈X作戦〉なるものに関係しているらしいが、〈コブラ〉にはどうでもいいことだ。目的は金であり、この顧客からの支払いはつねに迅速かつ確実だ。

〈コブラ〉は小さなメダルを手にとった。表面に刻まれた文字を指でなぞる。

ペル・トゥ・アミク。

友情のために。

31

天安門広場に大きな人だかりができていた。

交通は停止している。ニコライが窓から外を見ると、ソ連製のトラックとアメリカ製のジープがやってきて、群衆が野次を飛ばしはじめた。

何を野次っているのかが、わかった。

幌をかけていないジープの荷台にふたりの男が立っていた。ひとりは西洋人、ひとりはアジア人で、人民解放軍兵士に両脚を押さえられ、上半身は両腕を身体の脇につけた姿勢で縛られていた。そのうしろのトラックのやはり幌をかけていない荷台には数人の兵士が、ライフルの銃身を上に向けて坐っていた。群衆はゴミや古い野菜屑を投げ、侮辱の声を浴びせながらジープのほうへ押し寄せ、ふたりの囚人に唾《つば》を吐きかけた。

「スパイです」陳がニコライの反応を見て説明した。「イタリア人と日本人ですよ。毛主席の暗殺を企てたんです」

「本当に？」

「そう自白しました」

陳の運転する車が速度を落とすと、ジープとトラックはゆっくりと天安門広場の前を通りすぎて天壇に向かった。天橋《てんきょう》の手前で停止すると、群衆がアメーバのように集まる。数人の兵士がトラックから飛びおり、囚人たちを手荒くジープから引きずりおろして、橋詰めの広い場所に押しやった。ほかの兵士たちがライフルを使って群衆を押し戻し、指揮官が残りの兵士を一列に並ばせる。

「公開処刑?」とニコライは訊いた。

「見せしめですよ」

一般的なイメージとは逆に、イタリア人は黙ったまま気丈に耐え、日本人は立っていられずに膝をついてむせび泣いた。兵士が邪険《じゃけん》に引っぱりあげる。ニコライは丈長の黒いコートに黒い帽子の男が車の向こう側から現われて囚人たちのほうへ近づいてくるのを見た。

左手に紙の束を持っている。

「康生です」陳は恐怖で声を震わせぎみにして言った。

秘密警察長官は群衆の前を傲然《ごうぜん》と歩き、囚人たちの脇で立ちどまると、大声で罪状を告げ、人民の正義の怒りを体現してふたりを弾劾《だんがい》した。毛主席は慈悲をたれ、おまえたちに絞殺、斬首、もしくは群衆による殴殺ではなく銃殺刑をお与えになるのだ。

演説を終えた康は、しばし間を置いたあと、ふたりから離れた。

指揮官がひと声叫ぶと、ライフルが一斉に持ちあげられ、金属音が爽《さわ》やかな空気の中で響いた。イタリア人はぐっと自制していたが、ニコライはズボンの股間が濡れていくのを見た。群衆もそれに気づいて狂喜する。

「見ろ！　漏らしやがった！」

「ゆうべ飲みすぎたんだろ！」

日本人はまたへたりこんだ。兵士がひとり駆け寄ろうとしたが、指揮官は煩《わずら》わしそうに首を振り、ふたたび命令を叫びあげた。三人の兵士が狙いをつける。指揮官はタイミングを計るのがうまかった。腕をあげ、群衆が静まるまでそのままとめておく。

やがて沈黙の時が生まれると、さっと腕をおろして号令をかけた。ライフルが一斉に吠え、ふたりの囚人は地面に崩れた。

祈年殿が、有名な三層の青い瓦《かわら》屋根を陽射しにきらめかせながら、兵と群衆を見おろしていた。

「スパイです」と陳が総括するように言った。

32

ニコライの暗号文は口頭で五回リレーされ、東京にいるハヴァフォードのもとへ届いた。それは正確に伝わり、ハヴァフォードによってさっそく解読された。

〝京劇鑑賞、木曜夜〟

CIA東京支局はただちに行動を開始した。五分とかからず、ハヴァフォードの目の前に北京の市街地図一枚と航空写真数枚が置かれた。ハヴァフォードは正乙祠大戯楼《せいおつしだいぎろう》に赤い丸印をつけた。

数分後、北京出身の中国人亡命者がやってきて、正乙祠大戯楼が宣武区《せんぶく》にあることを教えた。宣武区は旧市街の南西にあり、天壇から遠くなかった。北京の最も古い地区のひとつで、老朽化した長屋がひしめくごみごみした胡同《フートン》だという。共産党が天下をとる前は、〝八大胡同〟が賑《にぎ》わいを見せた地区だった。

ハヴァフォードは礼を言って亡命者をさがらせ、秘話電話でビル・ベントンに連絡をとった。元北京支局長で、今はマカオで勤務している。

「正乙祠大戯楼の写真と屋内見取り図が欲しいんです」とハヴァフォードは言った。「それと宣武区に資産《アセット》がいるかどうか」

普通ならこの種の照会は、回答があるとしても数週間後になる。だがハヴァフォードが、自分には即時情報アクセス資格があるとはっきり告げたので、写真と見取り図は十五分弱で電送されてきたし、もうひとつの件は一時間後にベントンが電話で知らせてきた。

「使えそうな人員はいますか」とハヴァフォードは訊いた。

「あんたは運がいい。牛街清真寺《ぎゅうがいせいしんじ》がすぐ近くにある」

「それはどういう寺?」ハヴァフォードは尋ねながら地図を調べ、その位置を探しあてた。

「清真寺というのはイスラム教のモスクで、牛街にあるのは北京でいちばん古い」

ハヴァフォードの鼻先に寺院の写真が差し出された。中国によくある仏教か道教の寺院に見える。青と赤の柱に湾曲した屋根。だが、屋根瓦は通常の青ではなく緑色だ。「共産党政府はなぜこれを残したのかな」

「残すしかなかった。回族の居住地区のど真ん中にある」

ベントンは〝おれはあんたより詳しいんだぜ〟と言いたいのだった。中国勤務の古参局員はよくこういう態度をとる。自国政府の失策で中国を共産主義者に〝とられ〟、中国支局がアジア部の一部局にすぎなくなったことを恨んで、ハヴァフォードのような若い新参者にむきになって反発する者が多いのだ。もっともベントンは協力的ではあった。以前の資産《アセット》はほとんど摘発されてしまったが、今、新しいネットワークを苦労しながら徐々に築きあげつつあるという。

「中国語を話すイスラム教徒だ」とベントンは説明した。「千年前からいる少数民族で、自分たちの信仰の真髄《しんずい》を〝清真《チンジェン》〟と呼び、緑色をシンボルカラーにしている」

「何人か協力者がいるんですか」

「何人かよりもう少し多い。共産主義者は神を知らない罰あたりどもで、イスラム教徒を迫害する連中だから憎んでいるんだ。独立をめざす新疆のイスラム教徒ともつながりを持っているよ」

使えるかもしれない、とハヴァフォードは思った。「じつは脱出支援班が必要なんですが」

「頼めるよ」

「それと北京にいる資産《アセット》が使える投函所もひとつ」

「新疆に武器を送ってもらえるかな」

「いいですよ」

「じゃ、詳しいことがわかったらまた連絡する」

「わたしも香港へ行って具体的な点を詰めるつもりです」ハヴァフォードはベントンに任せて作戦をだいなしにしたくないし、時間があまりないので、計画の最終案を固めて早くニコライに伝えられるほうがよかった。

33

その武器は凶々《まがまが》しい醜い形をしていた。

これには名誉も美もない、とニコライは思った。刀剣は作り手の丹精がこらされて美しく、これを手に敵とじかに戦う者は勇気を讃《たた》えられてよい。

だが〝ロケット・ランチャー〟は？

破壊力に比例して醜いしろものだ。アメリカのどこかの工場で魂のない機械のような連中が組み立てラインでつくった武器。使う人間に自分がこれを使っているという自覚を持たせない、ただ遠くから殺し破壊するだけの道具にすぎない。

とはいえ、余から性能を説明されたニコライは、その威力のすさまじさに感心せずにはいられなかった。

M20ロケット・ランチャー、別名〝スーパーバズーカ〟は、重量わずか六・八キログラム、全長は一・五メートルをわずかに上まわるだけで、その半分が砲身だ。重量三・六キログラムの対戦車榴弾《HEAT》を秒速約百メートルで発射し、有効射程である九十メートルの距離から厚さ二十八センチの装甲板を貫通させ、重戦車や装甲兵員輸送車や半装軌車やトーチカを破砕できる。

要するに電気式発火装置と反射式照準器がついた筒で、ふたつに分割すればふたりで楽に運搬できる。立射、膝立射、および――本来の使用目的から言って問題はあるが――伏射も可能。つまり水田や蒲《がま》の高い茂みで腹這いになっても正確に狙い撃ちできるということだ。よく訓練された人間がふたりいれば一分間に六発、精鋭チームなら十六発撃つことができる。

「いざとなればひとりでも操作できるのかな」とニコライは訊いた。

「三脚を使えばできます」

「三脚も込み？」

「もちろんです、同志ギベール」

ニコライは余に五十箱を全部開けさせてロケット・ランチャーをひとつずつ点検した。武器の専門知識はないが、ふりだけでもしないと余の疑惑を招く。本物のギベールのようなまともな武器商人なら、五箱はロケット・ランチャーだが残りは泥煉瓦《どろれんが》という事態は確実に避けるだろう。

照準器に黴《かび》が生えないようランチャー全体にグリスが塗られていた。

「グリスを落とす溶剤もついているんだろうね」とニコライは確かめる。

「もちろん」

ひとつでフランスの戦車や半装軌車やトーチカを破壊できる武器が五十個か、とニコライは思った。ヴェトミンには大きな意味を持つだろう。

ひょっとしたら決定的な意味を。

ヴェトミンはソンダー川沿岸でフランス軍に通常戦を挑んだが、これは時期尚早《しょうそう》で、優位を誇るフランス軍の火力と装甲の前に大敗北を喫した。二十六日間で一万一千人の兵力を失ってしまったのだ。だが、もう少しというところまでいった。アメリカが新兵器をフランスに供与しなければ勝っていたかもしれない。

新兵器の名は〝ナパーム弾〟という。この油脂《ゆし》焼夷弾《しょういだん》が航空機から投下されると、ヴェトミンの兵士は即座に焼き殺されたそうだ。

アメリカの大量破壊の才能は限界を知らないのだろうか？　ニコライは東京空襲のこと、そして言うまでもなく、広島と長崎を壊滅させた原子爆弾のことを思った。

「いただこう」とニコライは言った。「もちろん価格しだいだが」

値段の交渉をする必要は本当はなかった。ハヴァフォードからは充分すぎるほどの資金を渡されている。だが、さっきと同じように、値切らない武器商人は不自然だ。

ミシェル・ギベールなら交渉をしないはずがない。

「わたしは国防部から価格の交渉を任されています」と余は言った。「お昼を食べながら話しますか」

ふたりは龍潭湖《りゅうたん》のほとりの木立に囲まれた料理店へ行った。

昼食はとても美味《おい》しかった。甘い茶色のソースで蒸し焼きにしたまる一匹の魚が出て、次が野菜の大蒜《にんにく》炒《いた》め、それから炸醤麵《ジャージャー》だった。

ニコライは訊いた。「で、値段のほうは？」

「そちらのご希望はどのくらいです」余は餌に食いつかず、最初の値づけを拒んだ。

ニコライはばかばかしいほど低い値段を口にした。

「どうも誤解があるようだ。そちらが買うのは箱だけじゃなく、中身も込みなんですよ」

余はそう言って値段を四倍にした。

「わたしの発音がおかしかったのかな」とニコライは応じる。「買いたいのは五百個ではなく五十個だからね」そして最初より少し高い値段を言った。

「こちらにはいろいろ経費がかかっていましてね」と余は言って新たな値段をつけた。

「とんでもない額の経費なのかな」とニコライは応えたが、余の想定している金額はもう見当がついてしまった。値の下げ幅が徐々に減って、だんだん目標に向かっていくのがわかるのだ。囲碁で言えばあまりうまい打ち方ではない。だがニコライはこの面白くもない交渉を早く終わらせたいので、余の想定額の少し下まで一気に吊りあげた。意外なことに、余はそれで承諾した。ニコライは警戒心を抱き、なぜだろうと考えた。

余は急いで話を進めた。「次に輸送の件ですが」

ニコライは関心があるふりをした。もちろん実際に武器を買うつもりはなく、したがって輸送する気もない。荷物の発送準備ができるころにはもうヴォロシェーニンを殺しているだろう。うまくいけば逃亡もしているはずだ。それでもゲームはしなければならない。

「ヴェトナム国境の近くまでの輸送費用はもちろん支払う」

余はうなずいた。「お金はローザンヌのある銀行口座に振りこんでいただきます。入金を確認したら雲南省のある場所をお教えします。そこからヴェトナムとの国境までは適正な人数の部隊が輸送のお手伝いをする。国境の向こう側はあなたと最終的な買い手でなんとかしてください」

「口座には半額だけ振りこむよ」とニコライは言った。「残金は商品とわたしが無事国境にたどり着いたときということで」

「信用していただけないとは心外です」

「雲南省の山岳地帯は、人民解放軍の英雄的な討伐作戦もむなしく、山賊が跳梁跋扈《ちょうりょうばっこ》していると聞くのでね」

「ごく少数の反革命分子がそうやって生き延びようとしていますが、近いうちに掃討できるはずですよ」

「まあすぐには無理だろうから、わたしとしては顧客に引き渡さないうちに商品を奪われる事態も想定しておく必要がある。こうあからさまに言うのもなんだが、経済的利益がからめば護衛を担当してくれる部隊のみなさんもより勤勉になってくれるのではないかと思うしね」

余は箸を置いた。「資本主義者は誰もが金めあてに動くと決めつける」

「共産主義者は金めあてでは動かないというのかな。するとローザンヌの銀行口座はどういうことだろう。それにどうしてわたしが資本主義者だと決めつける？」

「共産主義者でないことは確かでしょう」

「わたしはギベール主義者だ」とニコライは言った。

余は含み笑いをした。「では、前金は三分の二でどうですか」

「承知した」

ニコライは箸をとりあげて食事を再開した。

34

「取引はまとまったかね」と劉将軍が訊いた。

「はい」と余が答えた。

「よし。その男はまだギベールというフランス人のふりを続けているのかな」

「なかなかうまくやっていますよ」

劉将軍は笑った。

35

ダイアモンド少佐が受話器をとった。「はい？」

「おれだ」と声が言った。「ベントンだ。ハヴァフォードからあんたに最新状況を報告してくれと言われた」

「報告してください」

ダイアモンドは胸のうちで笑った。

ベントンは自分の仕事が好きで、幸運にもまだそれを失わず、これからも続けたがっている。

36

「あなたは……」陳は適切な中国語を探したが、結局フランス語で言うことにした。「……食通《グルメ》ですね」

ニコライは肩をすくめる。「フランス人だからね」

余との打ち合わせからホテルに戻ると、美人のフロント係が鍵を渡しながら、夕食をとるレストランのお薦めを紹介しましょうかと言った。

「お願いします」

「鴻賓樓《こうひんろう》などいかがでしょう」

陳はギベールが有名な老舗レストランでイスラム料理を試してみる気になったことを喜んだ。外国人の案内役には、自前では行けない高級レストランで食事ができるという役得がある。かりにお金があっても、そういう店にちょくちょく行けば頽廃《たいはい》の非難を受ける。

イスラム料理の店なのでもちろん豚肉は出ないが、それを補って余りあるのが木串に刺した羊肉やモンゴル風羊肉の煮込み、それにとりわけ鰻《うなぎ》の炒《いた》め物だ。

給仕はみなずっと昔に西域から移住してきた回族の末裔《まつえい》で、丈の短い白い上着に黒いズボン、イスラム教徒の白い円筒形の帽子という恰好だった。何人かいる女性はほとんどが客ではなく経営者の身内の者で、ベールで顔を隠していた。

「宗教というのは迷信ですからね」と陳が言ったのは、自分は正しい共産主義者であることを示すためだろう。「あなたはカトリックなんでしょうね」

「そういう家に生まれただけのことだがね」とニコライは答えた。

食事の途中でニコライは失礼と断わり、手洗いに立った。厨房《ちゅうぼう》のそばですれちがった給仕からはちらりと見られただけで、狭い通路に入り、洗面所に向かった。

ドアを閉めて鍵をかけると、盗み聞きしているかもしれない人間のために小用を足した。洗面台の蛇口をひねって水を出し、音を消す用心をして、古い貯水槽の蓋《ふた》を開ける。通信文が書かれた煙草の巻紙が、貯水槽の内壁にチューインガムで貼りつけてあった。

暗号文を解読し、記憶する。紙を細かくちぎって便器に捨て、水を流した。

「大丈夫ですか」テーブルに戻ると、陳が訊いた。

「ああ、とてもいい気分だ。どうして？」

「鰻で気持ち悪くなったのじゃないかと心配になりました」

「南フランスでも鰻は食べるよ」

「へえ」

給仕は若い好男子で、頬骨が高く、はっとするほど青い目をしていた。かすかに震える手で伝票をよこして、「ご満足いただけましたでしょうか」と訊く。

「評判どおりのお店だね」とニコライは応じた。陳が包子《パオズ》でトマトソースをぬぐうのに忙しくて給仕の不安げな様子に気づかないのは幸いだった。

「それはよろしゅうございました。料理長に伝えておきます」

「そうしてください」

車の運転手が玄関先で待っていた。

「ちょっと歩こうか」とニコライは提案した。

「だいぶ寒いですよ」

「用意は万全じゃないか」ニコライは腹をぽんぽんと叩く。「内側も外側も」

陳は同意したが、喜んではいなかった。運転手つきの車に乗るのは大きな役得なのだ。それを外国のお客のほうから農夫のように歩こうと言う。だが、ご機嫌をとらなければならない。なんでも国防部と重要な契約を結んだところだという話だ。

雪の上で靴がきゅっきゅっと鳴る。自分のリズミカルな足音を聞きながら、ニコライはハヴァフォードからの指令を脳裏に再現した。

〝任務を遂行せよ。劇場を出て、市場を抜け、清真寺《せいしんじ》に逃げこめ。反共主義回族の脱出支援班が待っている。トラックで秦皇島《しんこうとう》の港へ行き、漁船で黄海にいるアメリカの潜水艦へという段取り。幸運を祈る〟

まったく幸運を祈りたいね、とニコライは思った。歌劇場を出るだけでも相当の幸運が必要で、裏街を抜けて寺院に駆けこむときはまさに僥倖《ぎようこう》頼みだ。脱出支援班は何重にもあるはずの関門をうまく突破して秦皇島まで行ってくれるのか？

怪しいものだ。

だが、見込みの薄さを嘆いていてもはじまらない。

37

ニコライは朝の駆け足をするために起きだした。

今朝《けさ》のニコニコおじさんとグレーハウンドは待ち構えていた。ふたりとも運動靴をはいているのが、ニコライの目にとまる。少なくとも人民解放軍版の運動靴を。

ニコライは、本当は走るのは好きではない。運動は単調なくり返しで、洞穴探検の興奮もなければ、〈裸 - 殺〉の型の練習がもたらすような実益もない。ただ心臓血管機能の増進には役立つ。

調子が出てくると、ヴォロシェーニン暗殺という難しい課題に意識を向けた。ヴォロシェーニンと自分は歌劇場のボックス席に陣取る。ボックス席は人目を避けられる場所だが、警備も容易だ。三人の警護員が同席するだろうし、中国の警護態勢がいつもそうであるように私服と制服の警察官もつくにちがいない。

身体検査はヴォロシェーニンのボックス席に入る前に警護員がやるだろう。だから武器は持ちこめないが、それは問題ではない。それが問題ではないからこそ自分が選ばれ、こうして巣鴨拘置所の独房の腐った空気ではなく北京の爽《さわ》やかな空気を吸っている。

殺し自体はわりと簡単だ。ヴォロシェーニンが舞台のほうへ身を乗り出し、首をさらしたときに、必殺の一撃を加えるだけ。日本式の自殺攻撃でいくのなら、あとのことは思案するに及ばない。死の覚悟をしておくまでのことだ。

だが、死にたくはないわけだから、とニコライは北に折れて北海公園に向かいながら考えた。ヴォロシェーニン暗殺の方法、ボックス席と劇場からの脱出法を考えなければならない。

劇場内は、まぶしい照明が舞台に集中し、ほかは暗いはずで、その点は都合がいい。それに音も味方してくれる。京劇では太鼓や銅鑼《どら》や甲高《かんだか》い発声が特徴的で、初めて観る者には頭痛のする騒音とも思えるほどだから、ヴォロシェーニン殺害にともなう音や声は消されるだろう（とはいえ、その音と声ができるだけ小さくなるような効率的な攻撃法を考えたいが）。

公園に入ったとき、ニコライはふたりの尾行者のために変化をつけてやることにして、湖の東岸ではなく西岸沿いの道を走った。毎朝早起きしてもらうお礼に、これくらいはさせていただくよ、と胸のうちでつぶやく。今日は投函所を使う用もないことだし。

さて、かりに人に気づかれることなくヴォロシェーニンを殺せるとしたらどうだろう？

その場合はボックス席からそっと出て、余大佐の配下の尾行者たちを宣武区の胡同《フートン》でまいて清真寺に逃げこむだけだ。

それは可能か？　湖岸をゆったり走りながら考えた。

もちろん可能だ、とニコライは故岸川将軍の声を脳裏に聞きながら考えた。〝成功の可能性を考えるな――失敗の不可能性のみに思いを致せ〟

はい、とニコライは答えた。

至近距離から面倒なく相手を殺すために、〈裸‐殺〉に可能な数十の方法を頭の中でさらってみた。それらの方法を考えうる状況に応じて分類する。ヴォロシェーニンの右側に坐った場合、左側に坐った場合、うしろに坐った場合。それから、もう少し難しくなるが、標的と自分のあいだの席に警護員か別の観客がひとり入った場合。

たしかに難しい。が、不可能ではない。

失敗だけが不可能だ。

考えられない。

湖の北岸をまわるとき、ニコライは不意に全力疾走に転じた。退屈を吹き飛ばすためもあるが、おもにグレーハウンドがどの程度速く走れるかを見るためだ。宣武区で相手をどれくらい引き離せるか――それが勝負を決めるかもしれない。

グレーハウンドは綽名《あだな》に恥じない走者だった。ニコライの挑戦を受けて立ち、最初の一分ほどはついてきた。が、ニコライがひと目盛りあげると、距離が開き、食いさがれないのがわかった。

やはり可能なのだ。ふたりに無用の警戒心を抱かせないため速度を落としながらそう考えた。

逃げおおせることは可能だ。

ホテルに戻ると、汗を吸った服を脱ぎ、なまぬるい風呂をさっと浴びたあと、服を着た。一階におりて、温かい豆乳と漬物で簡素な朝食をとる。このところ濃厚でたっぷりな食事が続いて身体が鈍重《どんじゅう》に感じられるからだ。

数分後、陳がやってきた。坐って茶を注文し、ニコライに不服げな顔を向ける。

「あなたは運動がお好きだ」陳は客を監視していることをもはやまったく隠さずに咎《とが》めた。

「何か問題でも？」

「身勝手が過ぎます」

「そうかな」

陳の茶が運ばれてきた。「身勝手ですよ」と陳は説明した。「ほかに有益な仕事のある人間の労力をむだに使わせますからね」

「有益な仕事というのはロビーでくつろぐこと？」ニコライは陳をからかうのはなぜこんなに面白いのだろうと思った。

「わたしの部下はとても忙しいんです。仕事がたくさんあるんです」

「同志陳、まったく同感だ」とニコライは応じた。「きみの部下がわたしのあとをつけるのは貴重な時間と労力のむだで――」

「〝あとをつける〟なんてとんでもない」陳は口調をとがらせる。「あなたを〝守っている〟んです」

「なるほど新しい人民の国では人を保護するというのは時間と労力のむだなんだろうね」とニコライは冷ややかに言った。「犯罪なるものは帝国主義時代の遺物で時代錯誤もはなはだしい」

「だから彼らはあなたを守ってるんです」陳はだんだん興奮してくる。「反革命分子どもから」

「ああ」ニコライはお辞儀をした。「わたしは考え違いをしていたようだ。どうか思慮の足りなさを赦《ゆる》してほしい。朝走るのはもうやめるよ」

「いや」と陳は軟化した。「わたしはただ注意を促《うなが》しておこうと……ときに、朝はそれしか食べないんですか」

「そのつもりだったが、なんとなく包子《パオズ》を食べたくなった。餡《あん》入りのやつをね」

「どうぞご自由に」

「どうぞご一緒に」

「じゃ、お付き合いを」

話が決まり、ふたりは餡入りの包子を注文した。仲直りをして一緒に食べながら、天候などの当たり障りのない話をした。

それから腰をあげて銀行へ行った。

共産中国は資本主義の象徴である銀行を憎んでいるが、商取引には必要なものなので、北京でもいくつか生き延びている。行員は罪悪感からみなどことなく恥ずかしそうにしている。

「どの銀行です?」車に乗りこむと、陳は訊く。

「インドシナ銀行」とニコライは答えた。

「まあそうでしょうね」陳の応答には穏やかな皮肉の響きがあった。銀行といってもいろいろで、預金者の取引を注視しているところもあれば、瞬《まばた》きが多いところもある。インドシナ銀行は瞬き派として有名で、しかも相手によって視力が変わる。東南アジア諸国の政府と同じであっけらかんと腐敗を許容しているのだ。

フランスの武器商人がアジアで後ろ暗い金銭取引をするならインドシナ銀行を利用すべきだ。

ニコライは上着のポケットから煙草を出し、陳と運転手に一本ずつ勧め、三本に火をつけた。

「ありがとうございます」と運転手は言った。ニコライに口をきいたのは初めてだった。銀行へはほんの数分で着いた。運転手は車で待ち、陳の先導で入店し、支店長との面会を求めた。

支店長が執務室から出てくると、銀行家はみな同じだとニコライは思った。支店長は開店まぎわに仕事を邪魔されたことに少し驚いているように見えたが、急いで標準的な態度をとった。預金者の相手をさせられるのは迷惑だという態度を。

ニコライは初め中国語で話すつもりだったが、気を変えてフランス語にした。

「フランス語は話しますか」

「もちろんです」支店長はそう答えて、〝インドシナ銀行《バンク・ド・ランドシーヌ》〟とエッチングで記された窓へ顎をしゃくった。

ニコライは、支店長には人民服がいささか着心地悪そうだと感じた。古き良き時代の銀行家のように灰色の背広を着たがっているのは間違いない。

「電信送金をしたいのだが、送金先などすべてを秘密にしたいんだ」ニコライはわざと横柄《おうへい》に言うことで支店長に社会的地位の違いを理解させようとした。うまくいけば支店長は素直に従い、ニコライがさっさと用をすませて出ていくことを望むはずだ。ニコライとしては支店長にいろいろな書類を調べるなどの踏むべき手順を踏んでもらいたくない。

「当然、当行に口座をお持ちなのでしょうね」

「もちろんだ」ニコライはＣＩＡの偽造班がつくった通帳を渡した。

支店長はちらりと見て、「旅券を拝見できますか」と言った。

ニコライは旅券を差し出す。支店長は写真とニコライの顔を何度か見比べた。「けっこうです、ムッシュー——同志ギベール。こちらへどうぞ」

陳がついてこようとすると、支店長はぴしりと言った。「きみはいい」

支店長は廊下を進み、机と椅子を置いたガラス張りの小部屋に案内した。ニコライに手ぶりで坐るよう促し、「これに書きこんでください」と言う。

ニコライが複雑な書類に記入するあいだ、支店長は慎ましく背中を向けて待っていた。

ニコライが書類を渡すと、どうか楽にしてお待ちくださいと言い置いて出ていった。

待つあいだ、ニコライはハヴァフォードが必要な資金を振りこんでくれていればいいがと願った。中国人は情け容赦ない商売人で、金のない者を相手にしない。口座に金がないとなると、さっさと国から放り出されるだろう。

だが、それはましなほうのシナリオだ。最悪なのはＣＩＡから情報が漏れていて、さっきの書類がある種の警報の役を果たすというケースだ。そうなると戻ってくるのは、はったりで従順になった支店長ではなく警察だろう。

香港のペニンシュラ・ホテルの、ハヴァフォードの部屋で、電話が鳴った。

「ムッシュー・カルティエ？」と声が尋ねる。訛《なま》りの強いフランス語だ。

「そうだが」

「ヴィエンチャン支局を通じて巨額の送金依頼があったのですが、その場合は内部の申し合わせで、あなたに連絡することになっています」

「ああ」

「依頼主はムッシュー・ギベールという方ですが」

「送金先はどこだと言っているかな」

スイスはローザンヌのある銀行口座の番号が早口で告げられた。

「うん、それでけっこうだ」

「ありがとうございました。失礼いたします」

「どうも」


長い二十分が過ぎて、支店長が戻ってきた。何も問題はないようですと言う。それからニコライを別の部屋へ案内した。電信送金の通信員が広い木机についていた。支店長が通信員に書類を渡して送金を命じた。

「預金の引き出しはスイスの銀行の営業開始時間からできます」支店長は態度や表情でニコライへの敬意を割り増ししていた。送金額が大きかったせいだ。

「どうもお世話さま」とニコライは言った。

「当行のご利用ありがとうございます」と支店長は言った。それから自分が多忙であることを知らせるためにこうつけ加えた。「ほかに何かございますか」

「いやこれだけだ。どうもありがとう」

ロビーに戻ると侮辱されてむくれている陳が待っていた。

「終わりましたか」とぶっきらぼうに訊く。

「あの支店長はもったいぶった男だ」とニコライは言った。

「そんなことどうでもいいですよ」

「ちょっと名所見物をしたいと思うんだが、付き合ってもらえるかな」

「喜んで」

ニコライと陳は車に乗りこみ、万里の長城に向かった。

38

計画は着々と進行中だと、九龍のスター・フェリー発着所に立つハヴァフォードは考えた。

ニコライ・ヘルは回族のレストランを通じて通信文を受けとり、出向くべき場所とそこへの行き方を知った。回族の人員で構成する脱出支援班は清真寺に向かっている。

「荒っぽいことになるかもしれないから、対応できる人間が必要ですよ」とハヴァフォードは警告した。

ベントンは答えた。「全員が回族の武術、八極拳の訓練を受けている。狭い場所での近接戦に強い武術だ。毛沢東の身辺警護員もこれを会得しているんだ。班のリーダーは達人だよ」

「そうでなければ困ります」

「心配するな。すばやくきれいに仕事をする男だ」

その男はすばやいかもしれない。だが、われわれのやることできれい《クリーン》なことは何ひとつない、とハヴァフォードは思った。

ともあれ、香港を出られるのは嬉《うれ》しい。ハヴァフォードはこの都市がどうも好きになれないのだ。イギリス人はCIAを〝いとこたち〟と呼びながらも、自分たちの縄張りをうろつかれると神経質になる。ペニンシュラ・ホテルのレストランでは、かなり不味《まず》いコーヒーをろくに飲まないうちから、イギリス情報部の香港支部長ウッテンが近づいてきた。

「おはよう、エイドリアン」とハヴァフォードは挨拶《あいさつ》した。「さすがのきみでも酒を飲むには早すぎるだろうね」

「今、ブラディメアリーを頼んだところさ」とウッテンは答えた。遠慮のない物言いをする大柄な男で、たしかラグビーをやっていたはずだ。中国勤務は似合わないようだが、人は見かけによらないもので、ウッテンは中国通として知られている。ケンブリッジで中国学を専攻し、その後ずっとアジアで勤務してますますその知見に磨きをかけてきた。「おれの庭へ何しにきたんだ、エリス」

「コーヒーを飲みにきたんじゃないのは確かだな」

「それじゃ何だ」

「真正面から当たってくるじゃないか、エイドリアン」

「朝が早くて二日酔いのせいだよ」給仕がブラディメアリーを持ってくると、ウッテンはありがたいというようにひと口飲んだ。

「マカオから帰る途中で立ち寄っただけだ」とハヴァフォード。「マカオへは茶葉占い師たちの意見を聞きに行った」

「うちの国王が知っておくべき話はなかったか」

「よほどお暇でなければお聞きになる値打ちはないね。相も変わらぬ変わった出来事ばかり。毛主席は政敵を蹴散らし、わずかな反対派はみんな身をひそめ、毛が音頭をとる反なんとか闘争や反なんとか闘争がしょっちゅう展開される」

「うちの連中が昨日ベントンを見かけたそうだ」

「まあ誰でもどこかにいるわけでね」とハヴァフォードはコメディアン、マイロン・コーエンの古いジョークの決め台詞《ぜりふ》で応じた。今度ニューヨークに戻ったらコーエンを聞きに行こう。それにしてもベントンは愚図《ぐず》なやつだ。

ウッテンはうなずく。「しかしベントンは目撃される、ハヴァフォードもこうしておいでになる。となると、なんだか臭うんだよな」

ハヴァフォードは肩をすくめた。

ウッテンの赤ら顔がいつになく真剣な表情になった。「とにかくうちの縄張りで妙なことをしてもらいたくないんだ。あんたであれベントンであれ。わかるかな」

「わたしはもう東京へ帰るところだよ、エイドリアン」

「冷たくあしらう気はないんだがね。空港まではどうやって行くつもりだ？」

「タクシーで」

「それじゃ、うちの者に車で送らせるよ。やることがなきゃ一日ビールを飲んでる連中だ」

縄張りから丁重に送り出されるというわけか、とハヴァフォードは思った。

まあいい。ここでの用事はもうすんだ。

39

呉鐘《ごしょう》は肘を木の柱に叩きつけた。

前腕に痛みの稲妻が走る。手はまだ〈熊手〉の形のままだ。八極拳はもともと巴子拳《はしけん》といったが、巴子とは熊手のことなのだ。呉は息を吐き出すとともに手をもとに戻し、振り返って裂けた柱を見る。肘は深さ七、八センチの穴をあけていた。

これぞ八極拳――すばやい一撃ですさまじい破壊力を発揮する。この拳法の達人、李書文《りしょぶん》は、「わたしは人を二度目に打つ感覚を知らない」と言ったと伝えられる。この柱が人間なら喉《のど》や額がつぶれ、あるいは心臓が停まっていただろう。呉がさらに稽古《けいこ》を続けようとしたところで、近くのモスクから礼拝の時間を告げる呼び声が聞こえてきた。

白いカフタンを着て帽子をかぶり、道場をあとにしてネルソン通りに出た。モスクは香港でいちばん大きく、規模こそ小さいが敬虔《けいけん》さではよそに負けないイスラム教徒の支えとなっていた。イスラム教徒は近年増えている。本土から逃げ出した人たちには蔣介石の台湾より国際的な香港のほうが居心地がいいからだ。

モスクに向かって歩きながら、お祈りができるのを嬉しく思った。今夜は新界を抜けて本土に潜入する。任務自体はさほど難しくない。危険なのは国境の出入りだ。中華民国軍の武術教官を長年務めたあと、退役して民間人になったが、共産党の連中に捕まればただではすまない。

三十五歳の呉には、彼を頼りにしている妻と三人の子供がいるが、このような任務は拒む気になれない。実入りがいいこともあるが、同胞を迫害する憎き共産主義政府――あの神なき無宗教者どもに――一矢を報いてやれるからだ。自分個人が一年分の収入にあたる金を家に持ち帰れるだけではない。アメリカ人の工作員は独立運動が生まれつつある新疆へのライフル銃の供与も約束してくれた。

背が高く目立って肩幅の広い呉は、身体を斜めにしてモスクの狭い入り口をくぐった。サンダルを脱ぎ、いつもの場所にある礼拝用のマットをとって神聖な内陣に歩み入り、ひざまずく。数人いる男たちはみな近所の知り合いで、すでに跪拝《きはい》している。

マットに額をつけても、呉は任務のことを頭から追い払えなかった。人を殺すことは何でもない。今までにも八極拳の技を使って大勢殺してきた。上海では共産軍を、湖南省では日本軍を、そのあとはまた、蔣介石が自分たちを見殺しにして台湾へ逃げるまで、共産軍の兵士たちを殺した。

今、呉は新たな聖戦《ジハード》に従事していた。イスラムの同胞を救う聖戦に。人を殺《あや》めることがそれに役立つのであれば、ひるまず引き受けよう。生きて家族のもとに戻れるかどうかは、アッラーの御心《インシャラー》のままに。かりに生きて帰れなくても、家族が飢えないよう同胞が面倒をみてくれる。兄弟が寡婦《かふ》をめとり、子供らを養ってくれるのだ。

そのことを思って勇気づけられた呉は、祈りに集中した。古くからある堅固な信頼できる儀式。純粋な気持ちで神を讃えれば喜びが湧き、昔から唱えられてきた言葉をくり返せば心が安らいだ。「アッラーのほかに神なし、ムハンマドはアッラーの使徒なり」

40

ヴォロシェーニンの机の前に霞《かす》み目のレオートフが立った。

ひと晩じゅう仕事をしていた補佐官に、ヴォロシェーニンはお茶一杯ふるまおうとしない。自分のお茶をひと口飲み、グラスの底に溜まった白い砂糖を眺めた。砂糖は田舎の別荘のそばに広がる湖の底の砂に似ていた。そんな別荘をヴォロシェーニンは使えたが、レオートフには手の届かない特権だった。

「それで?」とヴォロシェーニンが報告を促す。

レオートフはギベール家のことから話しはじめた。

不審な点は何もないようだった。ギベール家はたしかにラングドック地方の武器商人で、フランス共産党とゆるい結びつきを持っている。ミシェルの父親は、一九一一年の辛亥革命のあと中華民国が軍閥との戦いに明け暮れるのを商機とみて、香港に支店を出した。それが日本軍の侵攻とともに業務は停止したかに見えた。父親が生き延びたのはこの慎重策をとったことと、ヴィシー政権が中立の立場をとっていたおかげだった。だが噂によれば、じつはアメリカと結託して、日本と戦うヴェトナム反乱軍を支援していたとのことだ。武器の売却先は、そこだけではないが、おもにホー・チ・ミン一派だった。

左翼的な思想の持ち主であっても、柔軟性があるようで、第二次世界大戦が終わると、中国で中華民国軍と共産軍の両方と取引をし、仏領インドシナでの独立運動にも依然として肩入れしていた。

「ユニオン・コルスとは関係があるのか?」とヴォロシェーニンは訊いた。ユニオン・コルスとはフランス最大の犯罪組織であるコルシカ・マフィアで、フランスと東南アジア植民地との麻薬取引を牛耳っている。

「もちろん関係があります」とレオートフは答えた。「ギベールはコルシカ人ではありませんので、純然たる商売上の関係ですが。戦争中に取引をしていたことは間違いありません」

「息子のほうはどうだ」

ヴォロシェーニンは溜息をつく。「そうだ」

「ミシェルですか」

こちらもすべて問題なさそうだった。レオートフは粒子の粗《あら》い写真を何枚か机に置いた。

ミシェルはモンペリエ生まれだが、育ちは香港。よって広東語を流暢《りゅうちょう》に話す。賭博好きで、女好きで、仕事では無能。父親に愛想をつかされたが、戦後、自動車事故に遭ってか

ら は 人が変わった。

「何に遭ったって？」

「自動車事故です」――レオートフはメモを調べる――「五〇年の夏、場所はモナコ。カジノで大負けし、悔しまぎれに酒を飲んで、危険なS字カーブで事故を起こした」

ミシェルは一時危篤《きとく》に陥るほどの重傷を負い、顔に大がかりな整形手術を受けた。そしてそのさいに別人格を移植されたかのように、真面目になり、一族の事業に身を入れはじめた。

「それは面白い」とヴォロシェーニン。

レオートフは肩をすくめた。何が面白いのかよくわからない様子だ。

だが、ヴォロシェーニンには面白かった。だてにスターリンの大粛清時代を生き延びてきたわけではない。その事故の話は不協和音を響かせる。顔の整形手術をしたら人格が変わっただと？

「父親は今どこにいるんだ。居所はつかんでるのか」

「香港だと思います」

「思います？　確かめろ」

「わかりました」

「よし、で、イヴァノヴナのことは？」

「報告書にまとめてあります」レオートフは読みあげようとした。

「置いていけ」

「しかし――」

「いいから置いていけ」

レオートフはファイルを机に置いて退室した。

ヴォロシェーニンは机の抽斗《ひきだし》を開けた。そのファイルを読むには強い酒を一杯あおる必要がありそうな気がした。

41

〝万里の長城〟とはよく言ったものだ。

卓越した建築術と組織力が達成した、まさに記念碑的建築物だ。だが囲碁での静的な防御と同じで、侵略を充分には防げなかった。門番の買収が容易なとき、壁があっても意味はない。

とはいえ、じつに壮観だ。山の起伏に応じてくねっていく壁はしなやかな大蛇のようで、積まれた石は鱗《うろこ》のように見える。あるいは中国の神話的世界から動物を借りてくるなら、龍に喩《たと》えるほうがふさわしいだろうか。

いや、やはり囲碁の喩えがいちばんいい。万里の長城は細く長く伸びた石だ。まさにその長さゆえに脆弱《ぜいじゃく》で、守りの分厚さが足りない。

間違いなく、そこに教訓がある。

北京に帰る車中、陳が眠ってしまったので、雑談をする手間がはぶけたニコライは、その暇に間近に迫った任務遂行への心の準備をした。考えてみると、もうすぐ自分はプロの殺し屋になるのだ。

ニコライはこれまでに三人の人間を殺した。戦争という殺戮《さつりく》の場に身を置いた同世代の若者に比べれば、何ほどの体験でもないが。

最初に殺したのは岸川将軍だった。父親がわりだったあの人の名誉を守るためだった。あれは息子としての義務。あるいは切腹をする主君の介錯《かいしゃく》をしたようなものだった。

次のふたりは、向こうから殺しにきた。だから正当防衛だった。

だが、今回は、報酬めあての意図的な殺しだ。自分とソランジュの人生を取り戻すためという言い訳はできるが、自分のために他人の命を奪うことに変わりはない。そのほかどんな道義的な理由づけをしても、万里の長城のようにあまり役には立たないだろう。

とはいえ、アメリカからの金銭的報酬は、どうでもいいと言ってもいい。

これもまた名誉の問題なのだ。

ヴォロシェーニンは単なるひとりの男、ひとりの人間というわけではない。

ニコライの母親は死ぬ少し前に、ユーリ・ヴォロシェーニンとのあいだに何があったかを話していた。

ペトログラードは凍りつき、燃料不足が急速に深刻化していた。

一九二二年の冬は異常に厳しく、石炭のとぼしい供給はいよいよ細り、共産政府は個人宅を壊して薪《まき》にする政策を進めていた。タウリチェスキー庭園の有名な菩提樹《ぼだいじゅ》の並木も薪用に枝をすべて払われ、処刑用の杭が並んでいるように見えた。

というわけで、キロチナヤ通りにあるアレクサンドラ・イヴァノヴナ伯爵夫人の広壮な邸宅が残っていたのは奇跡、いや伯爵夫人の鉄の意志のおかげだったが、それでも労働者の家族数十人が住む集合住宅《コムナルカ》に強制的に転用させられていた。

労働者といっても、本当に労働しているわけではない。西側諸国の金融制裁による燃料と原料の不足と超インフレのせいでペトログラードの工場の多くは操業を停止し、仕事を失った労働者は寒さと飢えに苦しんでいた。

二月のある午後、当時チェーカーのペトログラード支局長だったユーリ・ヴォロシェーニンが、階段をのぼってきて、玄関の大きな木の扉の前で靴から雪を落とした。それからノックもせず中に入った。

広々とした玄関ホールは人でいっぱいだった。みなコートや毛布で身をくるんで震えていたが、伯爵夫人は高価な木の家具を壊すことを固く禁じていた。ヴォロシェーニンは貧しい居住者のあいだを通り抜けて優美な曲線を描く階段をのぼり、伯爵夫人が自分の〝アパートメント〟にしている二階にあがった。

伯爵夫人は痩《や》せて頬がこけ、肌は飢えのため青白かった。上流階級の者でさえ食料を手に入れるのも買う金を調達するのも難しい。それでも気位の高い貴族の見おろすような視線でヴォロシェーニンを見た。朝早くから押しかけてきたのはなぜかと詰問するように。

ヴォロシェーニンは高飛車な応対に慣れていなかった。伯爵夫人から恐れられたかった。大勢の人間のおぞましい拷問と処刑の責任者である彼は、恐れられて当然と思っていた。ところが伯爵夫人はみじんも恐怖を表わさなかった。

「おはよう、同志イヴァノヴナ」

「わたしは金輪際《こんりんざい》あなたの〝同志〟になることはありません」

「そういう態度をとっていると銃殺されますよ」

伯爵夫人は本を閉じた。「今から処刑ですか。出かけるのなら肩掛けをとってきていいかしら。それともここで撃ち殺しますか」

「その冗談は面白くないですな」

「冗談ではありませんから」

伯爵夫人はベッド脇の小卓に手を伸ばし、四角い色つきの紙包みをとった。紙をはがしてチョコレートの端をむき出しにしたとき、ヴォロシェーニンの飢えた視線に気づいた。

何週間も前からとっておいたチョコレートだが、しかたがない。「失礼しました。ひと口お食べになる?」と言って半分に割り、差し出した。

ヴォロシェーニンは受けとった。「チョコレートなんてものをこの前食べたのは……」

「〝革命の前〟とおっしゃろうとしたのでしょう」伯爵夫人は声をはずませた。「あのころのサンクト・ペテルブルクには大きな愉しみや小さな愉しみがたくさんありましたわ」

「今はペトログラードですよ」

「それならそれでよろしいですけど」

伯爵夫人がチョコレートを美味《うま》そうに食べるヴォロシェーニンを見ていると、そのヴォロシェーニンが言った。「もうすぐ明け渡しの要求が来ます」

あのとき、どうすればよかったというの、とその話をしたとき、母親はニコライに尋ねた。一族の者はみな戦争で死ぬか共産主義者に処刑されるかした。伯爵夫人は死以上に、頼れる人も家財道具もなく街に放り出されるのを恐れた。ペトログラードには住める場所が少ないが、〝白系〟となると歓迎される場所はもっと少なくなる。もとの貴族の知り合いが街で糞尿を運んだり、林檎《りんご》を売ったり、果ては身体を売ったりしているのを見たことがあった。

「わたしはどこへ行けばいいんです」と伯爵夫人は訊いた。

「そんなことに関心はないな」

身寄りのない無力な伯爵夫人がまだ持っている力は、当時の女がただひとつだけ持っている力だけだった。伯爵夫人はヴォロシェーニンをじっと見つめてから言った。「出てくるかもしれませんわ。関心が」

「いったいなぜそう思うのかな」

「あなたがわたしを見る目つきです。それとも思い違いかしら。思い違いかもしれないわね」

「いや、思い違いじゃないようだ」

伯爵夫人は相手の手から自分の手を離して、大きなベッドのほうへ歩いていった。

伯爵夫人は立ち退きを免《まぬが》れた。

邸宅の二階で、ヴォロシェーニンは彼女と一緒に多くの午後と夜を過ごした。当面、チェーカー支局長という地位のおかげで、〝有産階級〟と交わることで〝社会的汚染〟を受けているとの非難から守られていた。

ある夜、ヴォロシェーニンは愛していると告げた。伯爵夫人は笑った。「あなたのような優秀なボルシェヴィキがロマンチックな愛などというものを信じているはずはないわ」

「信じているかもしれない」

「信じないほうがいい。この国ではロマンスは死んだの。知っているはずよ。あなたもそれを殺すのに手を貸したのだから。あなたとわたしは契約を結んだけれど、それ以上のものではないわ」

契約か、とヴォロシェーニンは考えた。彼女はこちらに身体を与える。こちらは彼女の心に手を出さない。釣り合っているのかどうかは難問だった。

翌日の午後、ヴォロシェーニンは青ざめた心配顔で伯爵夫人の住居へあがった。「アレクサンドラ、あなたは出ていかなくてはいけない。今すぐだ」

伯爵夫人は驚いた顔をした。「でも、てっきり──」

「チェーカーがリシスキー通りのことを嗅《か》ぎつけた」

革命後、伯爵夫人は注意深く、密かに、少しずつ、イヴァノフ家の何百万ルーブルにものぼる財産を、リシスキー通りにある古い会計会社の保管庫に隠しつづけてきた。会社は手数料をとって財産を徐々に国外に出し、フランスとスイスの銀行に預ける。白系ロシア人は時計ひとつや指輪ひとつ、あるいはパン一斤を隠しただけで拷問されるというのに、巨額の財産を隠そうとするとは大胆きわまりない行為だ。貧乏なふりをし、みずから飢えてみせ、チョコレートのひとかけらを惜しみながら食べるような生活をする克己心はみごとだった。

「あなたを捕まえにくるのは時間の問題だ」とヴォロシェーニンは言った。「わたしも危ない。あなたは立ち退くしかない。出ていくんだ。国を出なさい」

「でも、身のまわりのものや家具が──」

「明日の朝七時に、フィンランド駅から東に向かう列車が出発する。あなたの席を予約しておいた。荷物も持ちこめる。賄賂《わいろ》がたっぷり必要になるが、お金は持っているはずだな。

ウラジオストクまで無事たどり着けるだけの書類は用意した。そこから先は……」

多くの白系ロシア人がそのルートで出国した。ウラジオストクへ行き、穴だらけの国境を越えて中国に入って、比較的国際性の強い上海に避難する。愉快な選択肢ではないが、伯爵夫人にとっては唯一の選択肢だろう。

「金はどこにある？」とヴォロシェーニンは訊いた。「賄賂を贈るために少し必要だ。残りの現金は持っていくといい」

「とってくるわ」

ヴォロシェーニンは首を振った。「それは危険すぎる。きっと逮捕されて、それから……そうなるともう守ってやれない。あなたは全部しゃべるはずだよ、アレクサンドラ。これは間違いない。あなたは彼らが知りたがっていることすべてを話し、さらにそれ以上のことも話すだろう」

伯爵夫人はお金のありかを話した。

「ほとんどがまだそこにあるのか」

伯爵夫人はうなずいた。

ふたりは計画を立てた。

その夜、チェーカーが伯爵夫人の住居に踏みこみ、家具や身のまわり品を〝押収〟して運び出していった。荷物は鉄道駅で待っている駅員の手に渡され、チェーカーの特別車両に積みこまれた。

「中を調べる度胸のあるやつはいない」とヴォロシェーニンは伯爵夫人に請け合った。

伯爵夫人は夜明け前に〝逮捕〟され、駅へ連れていかれる。どこかシベリアのこの世の地獄へ送られるという名目でだが、実際にはウラジオストクに向かってわりと楽な列車の旅をすることになる。新しい身分を証明する書類もそろえてある。

「で、お金は？」

「わたしが駅まで運んでいく」

「あなたはどうなるの？　危なくないの？」

「新しい身分証明書を持ってその次の列車に乗る。ウラジオストクに着いたら、われわれの契約を今後どうするか決めよう。とにかく急いで行動しなくてはいけない」ヴォロシェーニンは急《せ》かした。「やることは多いが時間は少ない。じきにチェーカーが追ってくる」

伯爵夫人はリシスキー通りにある会計会社の住所を教えた。それから宝石や陶磁器やクリスタルガラスの食器など、この五年間暴徒から守ってきた一族の先祖伝来の家財を一カ所に集めはじめた。

ヴォロシェーニンは会計会社へ足を運んだ。

ヴォロシェーニンが買収と脅しで手なずけた部下たちが朝、伯爵夫人を逮捕して駅へ連れていった。

もちろん、ヴォロシェーニンは駅には現われなかった。

伯爵夫人は騙《だま》されたことを悟ったが、家財道具の持ち出しを許されたのは運がよかった。

これが、アレクサンドラ・イヴァノヴナ伯爵夫人が息子のニコライに語った話だった。

ユーリ・ヴォロシェーニンは母親の名誉を傷つけ、財産を盗んだのだ。

42

ヴォロシェーニンはファイルを置いた。

窓の外に目を転じて、意識を過去の記憶から現在の問題に無理やりねじ向けた。

報告書の多くは古い手書きの記録の写しだった。すべての記録は伯爵夫人が一九二二年にロシアを出たとする点で一致していたが、それならすでに知っていた。伯爵夫人は東へ逃亡するさいのごく通常の経路をたどったらしい。満州を通り抜け、当時は扉が広く開けっぱなしになっていた中国に入り、上海に落ち着いた。家財道具は持ち出したものの、現金はほとんど所持していなかったとあるが、これまたヴォロシェーニンには既知の事実だ。伯爵夫人は、知恵と美貌と誘惑の手管で裕福な亡命者を何人もたらしこみ、生き延びたという。

ヴォロシェーニンはその誘惑の力の強さを疑わなかった。自分自身が経験したからだ。あの豊満な肉づき、繻子《しゅす》の肌、そして……

報告書によれば、伯爵夫人はドイツの若い貴族ヘルムート・フォン・カイテル・ツム・

ヘル伯爵を誘惑し、妊娠した。伯爵は一応の儀礼として結婚の申し込みをしてきたが、アレクサンドラは断わった。一九二五年か二六年ごろに男の子を産み、思想改造をなされなかった貴族の末裔《まつえい》らしく、息子に最後のロシア皇帝と同じニコライという名前を与えた。

ヴォロシェーニンは、ニコライ・ヘルがミシェル・ギベールとまさに同じ年恰好であることに気づいた。偶然の一致かもしれない。だが、ヴォロシェーニンの知り合いで物事を偶然の一致ですました者は、みな死んでいた。

フォン・カイテル・ツム・ヘルもそのような人間だったのか、スターリングラードの戦いで死んだ。

情報部の記録からはしばらくイヴァノヴナの名前が消える。次に現われるのは一九三七年、上海に日本軍が侵攻して、岸川将軍が彼女の家を宿舎にしたときだった。複数の情報提供者は将軍と伯爵夫人の関係がまもなく家の貸し借りだけに留まらなくなったとゴシップめいた話を語っていた。ヴォロシェーニンはかつて伯爵夫人とともに過ごした午後の時間を思い出して、嫉妬心がうずくのを覚えた……

戦後も生き延びていれば、伯爵夫人は日本軍への協力者として弾劾《だんがい》されたかもしれないが、その前に病気で死んだ。

しかし、息子はどうなったのか？

ニコライ・ヘルの情報は、ファイルにはそれ以上出ていない。記録から消え去っている。

それは珍しいことではない、とヴォロシェーニンは自分に言い聞かせた。戦時中の中国では大勢の人間があっさり記録から消えたのだ。

在中国ロシア公使館の執務室に坐っているヴォロシェーニンは、イヴァノヴナを処刑させるか、この手で殺しておくべきだったと悔やんだ。それをしておいたなら、あのあばずれ女が子をひり出すこともなかったのだ。

それにしても、そんなことがありうるだろうか？

ギベールの正体がヘルで、復讐にやってきたなどということが？

こちらがちょうど逃亡しようとしているこのときに？

43

ニコライはおもな名所を全部見た。

天安門広場、天壇、紫禁城、鐘鼓楼《しょうころう》、北海公園。

「もう名所は見つくしましたね」と陳は言った。

では西単の市場で露店をひやかそうかとニコライが提案すると、陳はほっとした顔をした。黄昏時《たそがれどき》が近づくにつれてひどく寒くなってきた。ニコライと陳と運転手は西単の胡同《フートン》を歩きまわり、露店の炉やゴミを燃やしているドラム缶を見つけては立ちどまって手足を温めた。運転手が梁《りょう》という名で、北京生まれだと知ったのは、揚げパンと熱い緑茶、焼きソーセージ、焼き栗、甘い粥《かゆ》をふたりにごちそうしているときだった。

ニコライは今日の物見遊山を愉しんだ。若いころにした上海の裏街探検を、寒くておとなしいものにした感じで、庶民的な食べ物は高級レストランの料理に劣らず美味《おい》しかった。

堪能したニコライは陳に言った。「次は教会を見てみたい」

「教会?」

「カトリックの教会だ。わたしはフランス人だからね。北京にはもう残ってないのかな」

梁が言った。「聖ミカエル教会がありますよ。公使館地区に」

「案内してくれるかな」とニコライ。

梁は上司を見た。

陳はためらったあと、うなずいた。

「いいだろう」

教会はすばらしかった。

ニコライは宗教建築に造詣《ぞうけい》が深いわけではないが、聖ミカエル教会には素人目《しろうとめ》にもわかる魅力があった。ふたつのゴシック様式の尖塔《せんとう》が周囲の低い家並みの上にそそり立ち、大天使ミカエルの像がふたつのアーチ形の入り口の上に立っていた。

車は大通りからはずれた教会の東側の道で停まり、ニコライだけがおりて、陳と梁は同行しなかった。鉄柵門をくぐって中庭に進んだニコライは、めったに得られないひとりだけの時間を愉しみ、それから教会の建物に入った。

中はかなり暗く、明かりはろうそくと壁のくぼみのワット数の低い電球だけだった。薄れていく午後の陽がステンドグラスを典雅な彩りで染めて、静寂と平穏が満ちていた。

ソランジュから教わったとおり、ニコライは小さな聖水盤で指先を清め、額と両肩に触れて十字を切った。祭壇に歩み寄り、奉納されたろうそくの前でひざまずいて、祈りの言葉を唱える。それから信徒席までさがり、告解室から人が出てくるのを待った。

出てきたのは中国人の女で、黒い襟巻《えりまき》で頭を包んでいた。ニコライを見ると怯《おび》えた顔をして、急いで教会を出ていった。ニコライはしばらく待ちながらソランジュから伝授された文句を思い出した。告解室に入ると、ひざまずき、フランス語で言った。「お赦《ゆる》しください、神父さま。わたしは罪を犯しました」

暗い告解室の中で、格子の向こうにいる神父の顔はよく見えなかったが、アジア人のように見えた。

「名前は何というのかな」

「ミシェルです」

「この前告解したのはいつだね」

ニコライはしかるべき数字を告げた。「四十八日前です」

「では、話してごらん」

ニコライは一連の〝罪〟を正確に告白した。順序も正しく——色欲、暴食、虚言、そしてふたたび色欲。最後のはハヴァフォードのちょっとした悪戯《いたずら》だ。終わると短い沈黙が流れ、神父の顔が消えて、一枚の紙切れが現われた。

「見えるかね」神父はランプの向きを少し変えた。

「はい」ニコライはそう答えて、歌劇場の見取り図を仔細《しさい》に見た。ひとつのボックス席が赤い丸で囲んである。

ニコライは見取り図を記憶した。すべてのドア、階段、廊下を。それから言った。「覚えました」

神父の顔が戻ってきた。「では、罪の赦免《しやめん》を与えよう。天使祝詞を十回、使徒信経を五回、懺悔《ざんげ》の祈りを一回唱えなさい。色欲を慎みなさい。神の祝福があなたにありますよう」

ニコライは告解室を出て祭壇の前に戻り、ひざまずいて祈りの言葉を唱えた。

44

ヴォロシェーニンは坐って考えた。

岸川という名前が妙に気になった。

数分後、あることを思い出して、電話をかけた。その三十分後、モスクワにいるかつての同僚のゴルバトフにつながった。当時は大佐だったゴルバトフは、今は将軍になっていた。

「ユーリ、元気かね」

「北京にいる、と言えば答えになるかな」

「ははあ。で、わたしに何の——」

「岸川という名前に心あたりはないか」

「四八年に処刑が行なわれた東京裁判で、わたしはわが国の首席検察官だった」とゴルバトフは答えた。「岸川はわたしが釣りあげたいちばんの大物だったよ。なぜこんなことを訊く?」

「岸川は処刑されたのか」

「しようとしたが、できなかった」

「なぜ？」

「それが尋常でないんだ。大変な逸話《いつわ》があるんだよ。総司令部で翻訳者として働いていた若い男に、岸川の知り合いがいた。この男はロシアの貴族の末裔《まつえい》で……待ってくれ……もうここまで出かかってるんだが……ああ、イヴァノヴナだ。伯爵夫人だったかな」

「名前は覚えてるか。その若い男の名前は」

「あれはたいした男だったよ。落ち着いていて――」

「名前だ、ピョートル」

「ヘルだ。ニコライ・ヘル」

ヴォロシェーニンはうなじの毛が逆立つのを覚えた。「その将軍はどうなったんだ」

「そこが尋常でないところでね」とゴルバトフ。「そのヘルという若い男が殺したんだ。独房で。看守たちの目の前で。何か日本武術の技で、喉《のど》を一撃した。どうやら将軍を首吊りという不名誉から救いたかったらしい」

ヴォロシェーニンは喉がこわばるのを感じた。「きみがそのヘルの身柄を拘束したのか」

「いや、アメリカ人どもが連れていった。厄介払いできてありがたかったよ」

「ヘルがその後どうなったか知ってるか」

「知らないね。わたしは手を引けてほっとしたんだ。全体として非常に気味の悪い事件だったからな。いったいどうしてこのことを訊くんだ、ユーリ」

「頼みがある。この電話のことは忘れてくれ」

ヴォロシェーニンは受話器を置いた。

45

ニコライは椅子を壁につけて部屋に小さな空きスペースをつくった。下穿《したば》き一枚になり、〈裸 - 殺〉の難しい〈檻中《かんちゅう》の豹〉の型を二十回くり返した。

この型を選んだのは、接近戦に適しているからだ。その正確な攻撃動作は短い距離で力を増大させる。最初は部屋全体を使い、しだいに輪を狭めていく。最後には想像上の窮屈な竹の檻《おり》の中で戦い、足はほとんど動かさない。

この型には肘と膝による容赦ない攻撃も含まれるが、いちばんの特徴は〈豹の手〉と呼ばれる独特の手の形にある。指を第二関節で曲げ、完全な拳には握らない。打撃を与える面は四本の指の第二関節だけと狭いが、これは狭い空間に突き入れるためだ。

鍵になるのは正確さ。

それと、力の集中だ。ニコライはわずか五センチの攻撃が爆発的な破壊力を生み出すまで練習をした。実行時には十五センチから六十センチくらいの空間があると踏んでいるが、初めからそれを前提にすると精神的に甘えが出てしまう。

終わったとき、肉体は疲れていたが、精神は賦活《ふかつ》されていた。ニコライは床に坐り、脚を固く組んで瞑想《めいそう》の姿勢をとった。そして歌劇場の見取り図を頭に浮かべた。

見取り図は完全に頭に叩きこんである。今ニコライは、ヴォロシェーニンが予約したボックス席から廊下に出て、階段をおりる。左に曲がれば平土間の観客席に沿った廊下で、その先にロビーがあり、玄関がある。一方、右に曲がれば短い廊下があり、舞台裏に出るドアがある。

そのドアをくぐって右へ折れれば舞台裏、左に折れれば劇場裏の路地に出られる。

ニコライは脳裏で脱出経路をたどった。ボックス席を出て、廊下を右へ進み、階段をおり、右へ曲がって、建物を出る。頭の中で二十回〝歩いて〟から、次の段階に進んだ。

障害を想定に入れるのだ。

まずはヴォロシェーニンの警護陣。標的への一撃が正しく決まれば、警護員は最初異常に気づかないはずだ。しかし彼らを倒してボックス席を出なければならないかもしれない。警護員の配置はわからないから、その場で判断することになる。そこにこそ型の練習をする意味があるのだ。いかなる脅威にも身体が即応できるようにしておく。いちいち考えていたのでは命取りになる。

ということで、頭の中から警護陣を退場させた。

ボックス席の外の廊下には何の問題もないはずだ。中国の警察官がいるだろうが、ヴォロシェーニンが殺されたという叫び声があがらないかぎり、〝手洗いに行く〟という名目で彼らのそばを通りすぎればよい。

頭の中で歩調をゆるめ、さりげなく〝歩く〟。たった今人を殺した人間ではなく、膀胱《ぼうこう》を空《から》にしたいだけの人間として。

階段をおりて、右に曲がる。廊下のはずれに舞台裏に通じるドアがある。まず間違いなく、ドアの前には劇場の従業員がいて、熱狂的なファンが侵入するのを防ぐ役目を果たしているだろう。

その男を殺すのはたやすい。

だが、罪もない従業員を殺すのは恥辱であり論外だ。そこで首に致命的でない一撃を加える方法を頭の中で試してみる。頸動脈《けいどうみゃく》に打撃を与え、殺さずに、無力化する。攻撃をし、従業員が床にくずおれたら、ドアを開ける。

その次のドアは左手にある。そこから冷たい夜気の中に出る。

単純だ。そう考えてすぐ、甘いなと苦笑する。

単純だと言えるためには、ヴォロシェーニンの間近に接近できなければならない。

標的が死んだあともじっと坐っているような、静かな、完璧な一撃を加えなければならない。

警護陣に異常を察知されてはならない。

三人の警護員を殺すはめになったら、続いて中国人の警察官たちも相手にしなければならない。

それらが全部うまくいきそうなら、単純で簡単だと言っていい。だがそのための前提がたくさんある。ハヴァフォードが生還の見込みを百にひとつと見ているのも無理はない。うまくいかないなら、それが宿命。中国人なら〝天命〟と呼ぶだろうか。要は死ぬまでのことだ。

その覚悟はできているか。

できている。

岸川将軍の言葉が脳裏によみがえる。〝死ぬ覚悟ができればすべてが定まる。あとは行動あるのみ。成就にのみ思いを致せ。失敗は起きるときには起きる〟

ニコライはさらに一時間坐り、頭の中で全作戦のひとつひとつの段階を完璧にたどった。それから立ちあがり、ぬるい湯を浴槽に溜めて風呂を浴びた。服を着て、ロビーにおりると、陳がさらに歓待の礼を押しつけようと待ち構えていた。

46

曲芸はみごとだった。

運動神経抜群の演者たちが、力と均衡と度胸のはなれ技を披露した。ニコライは上海で街の大道芸に目をみはった幸福な子供時代を思い出した。

このショーは街頭ではなく、大きなテントの中で上演されていた。内部はガス・ヒーターで危なっかしく暖房され、床は土間。観客は政府高官だろうとニコライのような外国からの賓客《ひんきやく》だろうと荒削りのベンチに腰かけ、ピーナツを食べては殻を床に捨てているが、それがまた雰囲気づくりにひと役買っていた。

もうひとつの違いはテーマにある。ニコライが子供のころに見た曲芸の演者は、王や将軍や高級娼婦、あるいは猿や龍や虎の色鮮やかな扮装をして、古い民話に材をとった演目を披露した。だが今夜の興行では人民解放軍の制服を着て、〈邪悪な帝国主義者から人民を解放する人民解放軍〉や〈地主との闘争に勝利する小作農〉といった政治的テーマや、〈迪娟《てきえん》工場第十班に於けるボールベアリング生産量の年間最高記録達成〉といった、あまりにも地味なところが逆に奇抜に感じられるテーマをとりあげていた。

しかしどんなに露骨な政治的宣伝になっていても、軽業はすばらしく愉しかった。衣装に彩りはなくても、演者たちには華《はな》があった。ニコライは感嘆の念とともに彼らの妙技に引きこまれた。高いところから飛びおり、連続二回宙返りをし、竹の棒の先につかまって揺れ、綱を渡り、ありえないほど高い人間の塔をつくる。

「すごいだろう」とヴォロシェーニンはフランス語で言った。ベンチをまたいで「失礼」と声をかけながら、陳とニコライのあいだに割りこんできた。

ヴォロシェーニンの背後にはどこか情けない感じの男がひとり立っていた。ヴォロシェーニンはその男を坐らせてやる気など毛頭ないようだ。部下なのだろうが、貧弱な体格からいって警護員でないのは確かだ。

ニコライは振り返って自己紹介をした。「ミシェル・ギベールです」

「ヴァシーリー・レオートフです」

「『迪娟工場第十班』はわたしのお気に入りなんだ」ヴォロシェーニンは部下の紹介を省略して言った。お気に入りだというのは皮肉なのかどうなのか、ニコライには判別できなかった。が、息がウォッカ臭いのははっきりわかった。

「すばらしいですね」とニコライは感想を述べた。

何人かの演者が巨大な旗を振り、丸い演技場が赤い海になった。次いで旗が水平にされ、演者がそこへ飛び乗り、それより高く掲げた旗に飛び移り、さらに高い旗に飛び移りと、何人かが夜明けの赤い雲を階段がわりに空へのぼっていくような演技が展開された。最後の演者がいちばん高い旗の上にあがったとき、観客は息を呑んだ。演者は片手で細い竹竿をつかんで身体を安定させ、もう片方の手で上着の内ポケットから最後の旗を引っぱり出し、それを振ると、全員が『われらは毛主席の翼に乗りさらに高くのぼる』という歌を歌った。

「もうすぐこの国には芸術も洗練された趣味もなくなる」とヴォロシェーニンは言った。

「あるのは〝毛沢東思想〟だけになる。この国は不毛の地になるんだ」

「もちろん冗談を言ってわたしをからかってるんですよね」

「文字どおり食器を洗った汚れ水みたいにつまらない国になる」とヴォロシェーニンはつけ加え、まだ背後に立っているレオートフのほうへ首を傾けた。「この男のようにつまらない国になるよ。この男のようにというのが可能ならだがね」

ニコライはレオートフに同情して気まずい思いをした。ベンチの上で尻をずらし、できるだけヴォロシェーニンから離れて、「あなたも坐ったらどうですか」とレオートフに訊いた。

「この男は坐らんよ」とヴォロシェーニンが言う。「ご覧のとおり、柱みたいに突っ立ってるのが分相応だ。まあ退屈したいのなら相手にしてみるのもいいが。この男の話は面《つら》と同じでつまらんことこの上ない。この面を見ればわかる。まあ見てみたまえ」

レオートフは明らかに屈辱を味わっているが、何も言わなかった。ヴォロシェーニンはニコライのほうへ身を傾けてロシア語でささやいた。「おまえのおふくろはわたしの売女《ばいた》だったんだ、ニコライ。あの女を橇《そり》みたいに乗りまわしてやったよ」

ニコライは侮辱への怒りが燃えるのを感じたが、みじんも反応を示さなかった。「何です？」

「申し訳ない」とヴォロシェーニンは言った。「ついロシア語でしゃべってしまった。ときどき外国にいることを忘れてしまうものでね」

しかし今、この男はほんのかすかに瞬《まばた》きしなかったろうか、とヴォロシェーニンは考えた。目に鋭い光が閃《ひらめ》かなかったろうか？

ニコライも同じ疑問を抱いていた。懸命に顔から怒りの色を排しながら訊いた。「で、何とおっしゃったんです」

ニコライの緑色の目を見返しながら、ヴォロシェーニンはフランス語に切り替えて答えた。「明日の夜の歌劇を楽しみにしていると言ったんだ」

「それはわたしもです」

「あんたが来られるといいんだが」

「行かれない理由はありませんよ」

シンバルと銅鑼《どら》の音が炸裂し、歌声が最高潮に達した。
ふたりの男はじっと視線を斬り結んでいた。

47

この男は知っている、とニコライは思った。

陳は雑技団のすばらしさを熱く語っていた。

ヴォロシェーニンは知っている。

車は路面の黒い氷を踏み越えるため速度を落とした。

やつはこちらの正体を知っている。

本当に知っているのか。とにかく疑っているのは間違いない。〝おまえのおふくろはわたしの売女だったんだ、ニコライ。あの女を橇みたいに乗りまわしてやったよ〟。わたしは反応を見せてしまっただろうか。ロシア語に、自分の名前に、侮辱に？　ほんの少しでも？　何分の一秒かでも、ヴォロシェーニンは目にとめただろう。

最悪の場合を想定しろ、とニコライは自身に言い聞かせる。今やヴォロシェーニンはこちらがニコライ・ヘルだと確信している、と考えろ。それは何を意味する？　それは、必ずしも目的が暗殺だと悟られたことを意味しない。こちらが触れ込みどおりの人間でないことを知られたということを意味するだけだ。

充分にまずい状況ではあるが、致命的ではない。

しかし、なぜヴォロシェーニンは歌劇鑑賞の約束を取り消さないのだろう。

どういうことかわからないからだ。ただ不審の念を抱いている。だからこちらの陣地に長く石を伸ばして探りを入れてきた。危険な行為ではある。自分の考えをかなり明かすことになるからだ。だがヴォロシェーニンはばかではない。危険を冒す価値があると思ってやっている。だが本当にその価値があったのか？

認めよう。その点はわからないと。ヴォロシェーニンは碁打ちではなくチェス指しだ。チェスのことをもっと知っていればいいのだが、とニコライは歯噛《はが》みをする。とにかく西洋のゲームは線的で、幾何学的だということはわかる。前向きの機械的な思考に強いが、微妙な陰影にとぼしい。ヴォロシェーニンは下っ端の駒を――たしかポーンというはずだが――ひとつ犠牲にすることで、こちらの重要な駒に攻撃をしかけ、反応を待っているのだ。

〝明日の夜の歌劇を楽しみにしていると言ったんだ〟

〝それはわたしもです〟

〝あんたが来られるといいんだが〟

〝行かれない理由はありませんよ〟

理由はいくつもある。たとえば、こちらの目的が知られていると——ハヴァフォードなら〝危険にさらされている〟というだろうが——判断した場合はそれが理由になる。

これは当然、投函所を通じてハヴァフォードに報告すべきだろうが、そうするつもりはなかった。報告すれば作戦中止の指令が来る可能性がある。しかし中止はしたくない。

ユーリ・ヴォロシェーニンを殺したいのだ。

ニコライは子供じみた侮辱の言葉を吐いたときのヴォロシェーニンの赤ら顔を思い浮かべて、よし、と内心でつぶやいた。

おまえがチェスなら、わたしは囲碁でいく。

どちらが勝つか試してみようではないか。

48

ヴォロシェーニンは激怒していた。

自己嫌悪で顔面蒼白だった。

ばかめ、下手《へた》な出方をしてしまった、と思いながら公使館の玄関の扉を押し開けた。あんな初歩的な罠に引っかかるものか。

だが、目がぎらりと光らなかったか？　ほんの一瞬だけ？

階段をのぼって執務室に入ると、すぐにウォッカの瓶をとりだした。ありそうもない話だ。あるはずがない。時代錯誤もいいところだ。自分が生まれる前に母親が受けた屈辱を晴らしに、息子がやってくるなどということは。名誉のために人を殺す者などもういない。そんな気風はロマノフ王朝とともに滅んだのだ。

かりにギベールがヘルだとしても、こちらと母親の昔の因縁を知っているとはかぎらない。

しかし、かりにやつがヘルだとして、いったい何をしにきたのか？

フランスの武器商人になりすまして。

猜疑心《さいぎしん》が病的に募ってくる。ヴォロシェーニンは窓のカーテンを引いて椅子に坐った。が、またすぐに立ちあがって部屋の中を行きつ戻りつした。

かりにやつがヘルだとして。

それはどういうことだ？

なぜやつはここにいる？

それを知るためには、やつが誰のために働いているかを知る必要がある。ヘルはアメリカの占領当局に身柄を拘束された。アメリカ人どもは、何年かたったというだけで単純にやつを釈放するだろうか？　やつが殺した日本人の将軍はどのみち絞首刑になるはずだったという。それなら手間が省けたと考えたか？

ありそうにない。

まず、道徳観念にやかましいアメリカ人がそんな融通のきく発想をするはずがない。第二にヘルが偽装身分を手に入れるにはプロの手助けが必要だ。ギベールという隠れ蓑《みの》は――かりに隠れ蓑だとしてだが――相当手がこんでいる。誰かがかなりの労力と費用をかけて〝ギベール〟を北京に送りこんできたわけだが、どこの国の情報機関であれ、若い男の時代がかった復讐を支援してやるなどありえないことだ。

それなら、何が目的だ？

ヴォロシェーニンは窓辺に寄り、カーテンの裾《すそ》をめくって通りを見おろした。街路は無人で、静まり返り、雪が降っていた。

カーテンの裾をおろした。

ヘルはアメリカの管理下にいたが、今はフランス人として行動している。

これはフランスの作戦なのか？　それは疑わしい。フランスは先の大戦で疲弊したままだし、ヴェトナムのことで手一杯だ。中国をヴェトナム問題に引きずりこむような真似はしないだろう。

ヘルはアメリカの管理下にあったが、今はフランス人になりすましている。中国と関係の深いフランス人に。すると国民政府の工作か？　アメリカが中華民国にヘルを貸し出したのか？　何のために？　意味がわからない。共産政府から離反した中国人をいくらでも使えるのに、なぜ西洋人を起用する？

となると、やはりアメリカだ。

あたりまえすぎるからといって、否定してはいけない。

ヘルはかつてアメリカの管理下にあり、今もある。実際、便利な道具だ。中国になじみがあり、中国語ができる。ロシア語とフランス語もできる。生まれついてのスパイと言ってもいい。できればこちらが雇いたいほどだ。ゴルバトフにはその機会があったのに、逃したのは残念だった。

ヘルはアメリカのために働いていると仮定しよう。

任務は何だ？

フランスの武器商人として国防部と接触したが、宴会でやつをもてなしたのは――劉将軍だ。

毛の唯一の競争相手だ。

アメリカがヘルを送りこんだのは、劉と関係をつけるためなのか？ それとも劉はすでにアメリカと関係を持っているのか？ ヴォロシェーニンは今夜初めて心からの笑いを顔に浮かべた。盤面の全体が見えてきたのだ。次に自分が指すべき手と、それがもたらしうる結果も。

すまないな、アレクサンドラ。あんたの息子は洗練された拷問を受けて死ぬことになるようだ。他人のゲームにポーンとして参加しようとした罰だ。

腕時計を見る。

まだ午前零時。

康生は起きているはずだ。

49

ニコライはホテルをそっと抜け出した。

エレベーターで地階へおり、厨房《ちゅうぼう》の男たちに煙草をふるまって雑談をしてから、裏の食材搬入口から外に出た。

急ぎ足で公使館地区へ行く。深夜の街は人けがない。市民はみな安全な住居にこもっている。ロシア公使館にはもちろん明かりがともっていた。ニコライは通りの向かいの楡《にれ》の木陰に身をひそめて玄関の様子をうかがった。

一台の車がやってきて、排気管から煙を吐きながら待機した。

数分後、ヴォロシェーニンが忠実な警護陣と一緒に出てきて車に乗りこんだ。車はすぐに発進した。

これは運がいい、とニコライは思った。これから大きな危険を冒すつもりだからだ。大竹七段が言っていた。危険を冒さないことも、時として危険を冒すことと同じくらい危険なのだと。

両手を囲いにして寒風を防ぎ、煙草に火をつける。それから街灯の下に移動した。待つこと二十分。ヴァシーリー・レオートフがようやく勇を鼓して出てきた。顎を襟に埋めて両手をコートのポケットに突っこみ、きょろきょろあたりを見まわしてから、通りを渡ってくる。

ニコライはゆっくりと歩きだした。ソ連公使館の建物に取りつけてあるはずの盗聴装置の有効範囲外に出る。レオートフの靴が雪を踏む。その音が追ってきた。ニコライは歩幅を小さくし、足取りをゆるめて、小男がついてこれるようにした。

見込みが当たった、とニコライは思った。わたしは金持ちになれるかもしれない。はずれていたら、間違いなく死ぬだろう。

50

康生は椅子の背にもたれ、毛沢東と自分だけに献上される最高級の龍井茶《りゅうせいちゃ》を味わった。唐代の絵を眺める。じつに至福のひとときだ。それだけに邪魔されたときの不快感はひとしおだった。

あのヴォロシェーニンがこんな真夜中にいったい何の用なのか。

康は溜息をつき、入室を許可した。顔に微笑みを貼りつけて、招かれず歓迎されもしない客と相対する。

「これは意外なお運びだな」

ヴォロシェーニンは皮肉な調子を聞きとった。「緊急の用があって」

「それはそうだろう。まあ入ってくれ」

康は広い居間に案内した。そこには書画のみならず青銅の像や珍しい陶磁器や古い時代の印章などが飾られていた。どれも旧支配階級から没収したものである。康が所蔵する美術品の価額は相当なものだ。エロチックな美術品のほうは、金銭的価値は多少下まわるが、同好の士である毛主席の歓心を買う道具としてはずっと価値が高い。

女に飢えた憐《あわ》れなヴォロシェーニンは、何か口実をつけて、新着の逸品はないかと見にきたのだろうか？　そのヴォロシェーニンが、唐代の絵に目をやった。華南の山岳を古典的な構図と筆致で描いた絵だ。

「これは新しく来たのか」

「気に入ったかね」

「いい絵だ」

この男には宝とゴミの区別もつくまいに、と康は思った。だから茶も出すまい。どうせありがたがられはしないのだ。かわりに日本酒を出しておこう。このロシア人は飲み助で、遅かれ早かれ酒で死ぬ。それが早まるならけっこうなことだ。

勧められて飲むと答えたヴォロシェーニンは、ぶっきらぼうに「すごいコレクションだな」と言った。

康はその顔のせせら笑いが気に入らなかった。「できる範囲でわれわれの文化遺産を守っている。西洋人に盗まれなかったものを」

中国美術の粋がエルミタージュ美術館やルーヴル美術館に所蔵されていることは、ヴォロシェーニンも知っているはずだった。いつか全部取り返してやる、と康は胸のうちでつぶやいた。「さっき緊急の用だと言ったようだが」

「かりに劉徳懐がアメリカと結託しているとしたら？」

「ばかばかしい」

「かりにギベールが、ヴェトミンに武器を売る話は目くらましで、本当の目的は別にあると告白したら？」

「どういう目的だ」

「かりにあの男がこう告白したら？」ヴォロシェーニンは慎重に言葉を選ぶ。「武器はヴェトミンではなく、雲南省の反革命勢力に渡されるのだと」

「それなら劉将軍は人民共和国を転覆させる帝国主義的陰謀に関与していると言わざるを得ないな。むろん主席は衝撃を受けて悲しまれるだろう」

それはじつに喜ばしい事態だった。康は久しい以前から劉を逮捕する口実を探していたのだ。軍も人民も納得する口実を。それをこの自堕落なロシア人が提供してくれるかもしれないとは。

「しかしギベールがなぜそんな告白をする？」と康は尋ねた。目に面白がるような光が宿っている。訊かずとも十指に余る理由が思い浮かぶのだ。〝蝦蟇《がま》呑み〟、〝猿の縄取《なわと》り〟、〝天使の弦爪弾《つるつまび》き〟。考案したてでまだ名無しのものもある。「アメリカはそれにどう関与しているんだ？」

「ギベールは、じつはニコライ・ヘルというアメリカの工作員なんだ」

ヴォロシェーニンはギベール家とニコライ・ヘルについて知っていることを告げた。もちろんアレクサンドラ・イヴァノヴナとの過去の因縁は省略して。

「それは確かな事実なのか」

「そこまでは言えないが、まず確かだろうと思う」

「〝まず確かだろうと思う〟では不充分だ。それで外国人を拷問するわけにはいかない。あとで本物のミシェル・ギベールとわかったら大変なことになる。フランスからも抗議が来るかもしれんぞ」

とはいえ、そそられる。そそられるではないか、と康は胸を熱くした。アメリカのスパイを天橋《てんきょう》まで引っ立てて銃殺する……その数日後にはあの劉めがあとを追う……そうなれば、いろいろな問題が解決する。しかし、その〝ギベール＝ヘル〟説は——いまひとつ頼りないようだ。

「では、どういう証拠があればいい？」とヴォロシェーニンは訊いた。

康は椅子に背中を預けてしばし黙考した。「父親がそれは息子ではないと証言すれば……」

51

ニコライは夜明け前に起きて、〈檻中《かんちゅう》の豹〉の型を十回さらい、服を着て走りに出た。

これが生涯最後の朝かもしれないと思うと、空気は冴え冴えとし、色彩は鮮やかに映え、目醒めつつある街の平凡なざわめきは交響曲の響きをおびた。トラックの低く唸《うな》るエンジン、自転車のベル、歩道を引きずられるゴミ缶、すべてがこれまで聞いたことのない澄んだ美しい音を立てた。

雪の積もった裸木は驚くほどのみずみずしさを湛《たた》え、銀と白と黒の芸術的な配置が繊細で完璧な均衡を示し、しだいに明るさを増す陽の光に色合いを変えた。湖面の氷に並木が逆さに映っているさまは人の最良の部分が親友の心に映っているかのようだった。

朝は真実、美しかった。太極拳に励む人々も、中国それ自体も、本当に美しかった。もし今夜、死ぬのだとすれば、このすべてが名残惜しくてならなかった。

だが、それは、今夜の話。今は朝。この朝の一瞬一瞬を愉しもう。

瓊華島《けいかとう》に渡る橋を走っていると、うしろに別の走者が現われた。

この展開は初めてだった。その者の足音が背後に聞こえてきた。ニコライは手の指を屈伸させ、〈豹の手〉の準備をした。足音がだんだん近づいてくる。ニコニコおじさんとグレーハウンドはずっと後方にいる。

「『西廂記』」と息をはずませた声が言った。

「それがどうした？」

「黙って聞け」

走者は一気呵成《かせい》に、歌劇の筋を要約した。「そして最後のほうで、青年と令嬢が再会する……」

そのときの唱《うた》を歌った。

あたしはふたりが会えるよう手引きをした。
おかげでひどく罵《ののし》られ、鞭打たれたけれど、
月がのぼって銀色に輝くいま、
あたし紅娘《こうじょう》は幸せでいっぱい。

「このとき銅鑼《どら》と太鼓とシンバルが大きく響いて、舞台は暗転する……」

「それで？」

「それが実行のとき」

走者は速度をあげてニコライを追い抜き、島まで疾走して、曲がった道の向こうに消えた。ニコライが自分のペースで走りつづけていると、奇妙なものが見えた。

僧侶がひとり、こちらに向かって橋を渡ってくる。

その足取りが奇妙なのだ。昔の大怪我の後遺症が残り、歩くと脚が痛むといった歩調だ。小股によちよち歩くさまは、氷で足を滑らせるのを恐がっている老人のようだが、近づいてくるとそれほどの年でもないのがわかった。

だが、目は老人のそれだった。まるで何か探すかのようにニコライの顔をまっすぐ見つめてきたが、その目は人が見るべきでないものをたくさん見てきた目、知るべきでないことを無理やり知らされた目だった。

ニコライは足をとめた。

僧侶が小声で言った。「〈サトリ〉」

「え？」

「〈サトリ〉。物事の実相を見てとること」

僧侶は踵《きびす》を返し、不自由な足で島に向かって歩きだした。

ニコライは一瞬ためらったあと、あとについていく。「わたしに見えていないものは何です？」

「罠」と僧侶は答えた。「そしてそこから脱け出す道」

野菜も湯気のたつ包子《パオズ》もおいしく、ごく普通のお茶さえも極上の味がした。死を間近に控えるとここまで感覚が豊かになるのなら、何度でも死にたいくらいだ、とニコライは思った。今日ソランジュと愛し合ったらどんなことになるだろう。快楽の高まりだけで死ぬかもしれない。

ばかなことを、とニコライはみずからを窘《たしな》めた。快楽などで死ぬものか。死ぬのは罠から脱け出す道を見つけられなかったときだ。しかし、現実世界でも囲碁の世界でも、入ってきた道から出ていけば脱け出せるのではない。

一度入ってしまったら、罠をくぐり抜けることでしか出られない。

陳が迎えにきた。国防部へ行くためだった。

「ゆうべの雑技団はすごかったですね」陳はテーブルにつくと言った。ギベールと朝食をともにするのも役得のひとつだ。

「すばらしかった。案内してくれてどうもありがとう」

「でも、あのロシア人が現われたのは災難でした」陳は周囲を見まわしてから、テーブルごしに身を乗り出してきてささやいた。「これは内緒ですけどね」

「何かな」

い」

「わたしはああいう西洋人が嫌いなんです」

「わたしも自分をあまり好いていないな」

陳はギベールとのざっくばらんな関係に満足して笑みを浮かべた。「この包子はうま

「とてもうまいね」

「もうすぐ帰ってしまうなんて残念ですよ」陳は皿に目を落とした。

「わたしはもうすぐ帰るのか」

「明日だそうです」

「そうか」

「そろそろ行きましょう」

温暖前線の接近で、陽射しの明るい朝になった。市民は上着の前ボタンをはずし、襟巻は結ばずに垂らして、太陽を振りあおぎ、暖かい光を顔に浴びた。ニコライは西単に寄り道して焼き栗を買おうと提案した。

「今日はずいぶん元気ですね」陳は焼き栗を食べながら言った。

「わたしは中国が好きだ」

ふたりは車に戻り、国防部をめざした。

「支払いは確認されました」と余大佐が言った。

「そうか」

余大佐は国内の移動に必要な書類の束をニコライによこした。「重慶行きの列車が午前九時に出発します。遅れないようにしてください。切符を取り直すのは大変なので」

「重慶に着いたら何をすればいいのかな」

「連絡が行きます」

ニコライは不審げな顔をした。実際にはどうでもいいことなのだが、役は最後まで演じきらなければならない。「正確な場所を教えてくれると言ったはずだが」

「残念ながら今の時点では無理です。心配いりませんよ。騙《だま》しはしませんから」

「重慶までは長旅になるからね。途中で事故でも起きると困るし、向こうについても連絡が来なくて街をうろつくなんて嫌だからね」

「大丈夫だとわたしが約束します」

「わたしはお金を払ったんだ」

余はにやりと笑う。「いつもお金の問題に戻るわけですね」

「あなたがたがお金の受けとりを辞退したという話も聞いていない」

「北京最後の夜は何をする予定ですか」と余は訊いた。

「京劇の鑑賞を」

「王朝時代の遺物だ」

「まあそうなんだろうが」ニコライは腰をあげた。「重慶に着いて二十四時間以内に連絡をもらえなければ、ヴェトミンの諸君にきみたちは北京の革命の同志に騙されたのだと説明するからね」

「同志ギベール、あなたは武器商人だ……」

「ああ」

「あなたはヴェトナムの同志たちに武器を売ろうとしている」

「そのとおり」

「儲《もう》けのために」

「そのとおりだ」

余は眉をひそめた。直情と礼儀の板ばさみから一歩踏み出してきた。「人がどうして理想なしに生きられるのか、わたしには理解できない」

「慣れればどうということはない」

「あなたは平気なんですね。自分の売る武器が祖国の兵士を殺すかもしれなくても」

「わたしには祖国なんてない」ニコライは珍しく自分が本音を語っているのに気づいた。

「われらが人民こそ、わたしにとっての祖国です」余は口慣れた信条を披露した。

その若々しい顔は理想に輝いていた。運がよければ、この男も迷妄《めいもう》から醒めるときが来るだろう。

ニコライは大佐の執務室を出、国防部の建物を出た。

52

エミール・ギベールは香港の西区にある愛人の部屋から出てきた。

高級住宅街にあるフラットは家賃が高いが――くそっ、女ってやつは高くつく――フラットも女も出費に見合うだけの値打ちはあった。男が成功してある年齢になれば、少しくらい贅沢《ぜいたく》をしてもばちは当たるまい。いつまでも九龍の安ピカな連れ込みホテルでもないだろう。

自分が経営するクラブに午後のパスティスを一杯引っかけにいくのに、エミールは歩くことにした。今日は気持ちよく晴れて、湿度もそれほど高くないし、少し運動をしたほうがいいからだ。もっとも今、ウィニフレッドと激しい運動をしてきたばかりだが。

あれは可愛い娘《こ》だ。

まさに中国の真珠。どこから眺めても魅力的だ。いつもきれいな服を着て、おしゃれなヘアスタイルで決めて、いつも辛抱強くこちらを喜ばせてくれる。物言いの乱暴なあばずれなんかじゃない。そこそこ教養のある洗練された若い娘だ。行為の前と後には会話もできる。画廊やパーティーに連れていっても大丈夫。当人もこちらも恥をかくことはない。ウィニフレッドはエミールが新たに見つけた愛の対象だ。彼女とともに人生の新たな一章が始まったのだ。おかげで若さが更新された。

夢想に浸っているエミールは、三人の男が建物に入ってきたのに気づかなかった。ひとりは彼の脇を抜けてエレベーターのほうへ行き、もうひとりは反対側の壁ぎわの郵便受けを見に行く。三人目は玄関をふさいだ。

「ちょっと失礼」とギベールは声をかける。

腕が喉《のど》に巻きつけられ、布切れが顔に押しあてられた。

53

ハヴァフォードはＣＩＡ東京支局の作戦指令室で、ラングレーの本部にいるシングルトン宛ての暗号電文を書き終えた。

〝準備完了、残り六時間、実行許否の指令乞う〟

中止を命じてくれれば、との思いも、ハヴァフォードにはある。あらゆる角度から見て、きわめて危険な作戦だ。成否いずれの場合にも、ヘルが捕まる可能性は高い。捕まれば、しゃべるかもしれない。しゃべれば、康生はただちに白塔、聖ミカエル教会、宣武区の回族など北京におけるネットワークをつぶすだろう。劉将軍は失脚し、中国はソ連の勢力圏にしっかり固定されるかもしれない。

大きな報酬には大きな危険がつきものだ、とシングルトンは前に言った。いいだろう。

実際、万事順調なのだ。

脱出支援班のリーダーはすでに中国への潜入に成功し、班はモスクで待機している。ヴォロシェーニン暗殺の報をソ連情報部に伝えるための二重スパイによる伝達網も構築されている。暗殺の実行者はレオートフなるソ連の〝筋金入り諜報員〟であるとの偽情報を中国側に伝えるための情報網も用意されている。

暗殺計画そのものについて言えば、ニコライはみごとな手ぎわで恰好の実行場所を見つけた。実行場所である歌劇場についても、脱出経路についても、彼はすでに充分な情報を得ている。

ハヴァフォードは腕時計を見た。父親から高校卒業祝いにもらったものだ。京劇の開演まであと五時間五十分。その一時間ちょっとあとで、暗殺が実行される。

列車は動きはじめているのだ。

もう止められない。ニコライがやめれば別だが、彼はやめないだろう。シングルトンが中止命令を出した場合も止まるが、それもありそうにない。

それでもハヴァフォードは希望を捨てず、〝作戦中止〟の通信を待った。

54

ヴォロシェーニンは電話のそばに坐っていた。

電話はだんまりを決めこみ、時計は良き友達でいてくれなかった。ヘルと落ち合う時刻までもう三時間もない。

考えれば考えるほど、〝ギベール〟はヘルであり、アメリカから与えられた任務が何であれ、ヘル個人にとっては復讐が真の目的であるとしか思えなかった。

ここがソ連国内か東欧の衛星国であれば、あの男を殺させればすむ。西ヨーロッパの都市であっても、ひっそり始末させることは可能だ。いや中国でも数年前なら、適切な人間にいくらか渡して耳に頼み事をささやけば、若きヘルはたちまち魚の食料になっただろう。だが今の中国はだめだ。ソ連の強力な影響力をもってしても、北京政府はみずから決めたのではない暗殺を簡単には黙認しない。ひと悶着《もんちゃく》起きるにちがいなく、そうなれば自分は国へ帰されてルビャンカ収容所送りだ。

しかし死ぬよりは収容所のほうがましだ。ヴォロシェーニンはそう考えながら、今朝《けさ》住居を出るときベルトに差しこんだ拳銃を指で撫《な》でた。かりにあの男がヘルで、ふしだらな母親の仇討ちをする気だとしても、こちらにはおとなしく犠牲の山羊《やぎ》の役まわりを務めなければならない義理はない。

ヘルは日本人の将軍を喉への一撃で殺したそうだ。

上等だ、やってみてくれ。

こちらには警護員が三人いる。三人とも柔道の達人で武装もしている。その守りをうまく突破しても……ヴォロシェーニンはまた拳銃の握りに触れて心強さを得た。

しかし、なぜ手が震えるのか？　ヴォロシェーニンはもうひとつロウォッカを飲んだ。この一件が終わったら酒の問題を解決すべきだな、と考えた。高原の保養所へ行くのもいいかもしれない。きれいな空気やら運動やらで健康を取り戻すのだ。

うまくいけばヘルを撃たなくてもいいかもしれない。親父のほうのギベールを締めあげて、息子は交通事故で死んだと白状させられるかもしれない。そうなればもう何も心配しなくていい。おれが京劇を観ているあいだ、若きヘルは康生の作詞作曲した違う種類の唱《うた》を歌うことになる。

さあ鳴るんだ、電話。

55

父親は見かけより強かった。

「おれはフランスの警察庁やゲシュタポやユニオン・コルスや青幇《チンパン》と付き合ってきたんだ。きさまらばかどもに目新しいものが見せられるというなら見せてみろ!」

殺すとの脅しがかけられた。

エミールは肩をすくめた。「おれはもう年だ。糞が出るのは三、四日おき、あそこが固くなるのは週に一遍《いっぺん》あればいいほうだ。夜は三時間ほどしか眠れない。殺してくれたら礼を言うぞ」

次は痛めつけるとの脅しだった。

「さっきしゃべったこと以外に何をしゃべれというんだ」とエミールは応じた。「きさまらは写真を見せた。おれはたしかにそれはおれのドラ息子だと答えた。金は鶏のケツから出てくると思っているし、博打じゃいつも無茶張りしなくちゃ気がすまない息子だと。さあ痛めつけろ」

この根性のある老人は口を割らなかった。

「ミシェルは北京にいるかって？」肩がはずれるほど腕をねじられたエミールは言った。「いるはずだよ。ほかにどう答えようがある。ほんとにいるかどうかって話なら、おれにわかるわけがない」

「北京で何をしているんだ？」

「武器の買い付けだそうだが、どうせあいつのことだ、女のケツを追いまわしてるだろうよ。北京にもまだ売女はいるのか？　いるならそっち方面を探せ。いなけりゃ細工されたサイコロがふたつ転がるところだ。あいつは勝ち目のない賭けをやってる」

「おまえの本当の息子は交通事故で死んだ。北京にいる男は偽者だろう」

「おれが自分の息子を知らないってんだな？　じゃあ自分の子供がわからんような人間になんでかまう？　なんてばかなんだおまえらは」老人は攻撃的になった。「ここは香港だ。ここには法律がある。おまえらはどうせ糞溜めから来たんだろうが、そことは違うんだ。おれはお巡りともやくざとも仲がいい。秘密結社の連中はおれに敬語を使うんだぞ。今すぐおれを放したら忘れてやる。人違いですましてやる。嫌だというなら肉屋の鉤《かぎ》に吊るされたおまえらの足の裏をくすぐってやるからな。さあ、縄をほどけ。ションベンがしてえんだ」

縄がほどかれ、エミールはトイレへ連れていかれた。

電話が鳴った。

鳴りやむ直前に、ヴォロシェーニンは受話器をとった。「わたしだ」

「たいした爺《じじい》です」

「それで?」

「本当のことを言ってると思いますね」

ヴォロシェーニンは納得いかない。壁の時計を見た。あと三時間十五分。「もう一遍やってみろ」

「しかしどうやればいいか——」

「今教えてやる」とヴォロシェーニンは言った。


エミールがトイレから戻ると、椅子の前にウィニフレッドがひざまずいていた。目を見開いて怯《おび》えきっている。口に拳銃の銃身をくわえさせられ、その拳銃を握っている尋問者の指が引き金にかかっていた。

尋問者がエミールを見て言った。「三、二……」

56

ニコライは湯気をあげる湯にそっと入った。

業《カルマ》がくれた贈り物だ。火傷《やけど》しそうなほど熱い湯にさらに深く身を沈め、深く息を吸って、吐く。それから身体の力を抜き、湯で筋肉と意識をほぐす。

子供のころは心を完全にくつろがせることが簡単にできたものだった。心はやすやすと山の上の牧草地に寝そべることができた。だがその後、戦争と人生の変転を経験して、そんな安らぎは奪われてしまった。ニコライはその喪失を深く悲しんだ。自由をなくし、自分の人生を自分で統制できなくなった境遇を無念に思った。

今できるのは、自分の呼吸の統制をとり、思考を明晰《めいせき》にすることだけだ。

今夜が罠にかかった自分のおそらく生涯最後の夜だということが悲しいのは、ひとえにソランジュのことがあるからだった。仏教の教えでは、すべての苦は執着から生じるという。ニコライは自分がソランジュを西洋的な、ロマンチックなやり方で愛していることに気づいた。彼女と別れなければならないのはひどくつらかった。

ダイアモンドとその部下たちが正義の裁きを免《まぬが》れることも悲しい。だが、業《カルマ》の摂理は完璧だという考えで自分を慰めた。

自分が生き延びれば、彼らは報復を受ける。死ねば、彼らはいずれ糞の山で暮らす蛆虫《うじむし》に生まれ変わる。

ニコライは思考を任務のほうへ向けた。

これからの行動をひとつひとつ視覚化した。陳が迎えにきて、劇場で自分をおろす。自分はヴォロシェーニンのボックス席へ行き、坐って京劇を鑑賞する。そして、その時が来たら——太鼓がとどろき銅鑼《どら》が鳴り響いたら——母を苦しめた男の心臓に一撃を炸裂させる。あとは脱出してモスクに逃げこむ。

不意に、懸念が生じた。

もう一度、流れを思い浮かべたが、懸念は消えなかった。何が引っかかるのかわからない。

発想を変えて、筋書きを碁盤の上で展開してみた。黒石を持ち、対局を始めた。難所はいくつかあるが、すでに予想しているものばかりだ。ヴォロシェーニンがこちらをニコライ・ヘルだと知り、イヴァノヴナ伯爵夫人にした仕打ちを覚えているとすれば、みすみす罠にはまりにいくようなものだが、そのことはもう想定ずみで用意はできている。

何か別のことなのだ。

立場を入れ替えて、白石を持ってみた。

おかげで、見えてきた。

奇妙なことに、ニコライはソ連と共産中国だけでなく、アメリカも白の側とみなした。

三者の動きを白石で表わし、そちらの立場で盤上遊戯をしてみると、見えてきた。

〈サトリ〉が訪れた。

57

実行まであと九十分。

神経の高ぶりを抑えかねて、ハヴァフォードは作戦指令室内を行きつ戻りつした。三十分後には情報伝達網が〝停電〟し、電信・電話が機能を停止する。あとで〝停電〟がよくある故障にすぎないとソ連や中国に思わせるために何らかの〝告知〟が流されるが、ともかくラングレーと東京支局の作戦指令室とのあいだでまもなく意思伝達が不可能になるのだ。

シングルトンはホワイトハウスの何かの行事に出かけるだろう。ダイアモンド少佐は友人たちと狩猟にいく。

作戦が失敗すれば、東京支局が全責任をかぶる仕組みだ。

「現況の最終確認をしろ」

「さっきやったばかり——」

「わたしがむだなことを頼んでいるとでも？」

もう一度確認がなされた。

アルファ・タイガー。準備完了。

ブラヴォー・チーム。準備完了。

僧侶。準備完了。

碁打ち。準備完了。

熊のパパ《パパ・ベア》……

パパ・ベア。

「パパ・ベアがレーダー圏外」

「なに？」

「パパ・ベアが」と若い局員が神経質な声で言う。「レーダー圏外です」

「調べろ」

あわてて香港に電話がかけられたが、何もわからない。エミール・ギベールはヴィクトリア・ピークの自宅にも、ダウンタウンの会社にも、西区のクラブにも、愛人のフラットにも不在。レーダー圏外だ。

イギリス情報部が過敏な探知網を張っているため、香港では地上要員が手薄だ。ハヴァフォードはウッテンに協力を頼むことすら考えた。ＭＩ６は香港警察を買収しているので、アメリカの少人数部隊より迅速に捜索ができる。

だが結局、ウッテンがしてくるであろう質問に答えるわけにはいかないと判断した。法外な見返りも要求されるだろう。そこでベントンのチームに任せることになった。捜索には永遠と思えるほどの二十八分を要した。

ハヴァフォードはただちに電信を送った。

〝パパ・ベア事故。中止？　指令乞う〟

ジョン・シングルトンはコート掛けからコートをとって着こんだ。左肩の関節が滑液包炎を患《わずら》っているので手間取る。首に襟巻をぴっちり巻きつけ、帽子をかぶり、執務室を出た。

ホワイトハウスに出かけるとなるとたいていの人はわくわくするが、シングルトンにとっては仕事でしかない。廊下を半分ほど歩いたところで助手が小走りに追ってきた。

「どうした」

「東京から緊急の電信です」

シングルトンは通信紙をちらりと見た。「あとにしてくれ」

「しかし返事を——」

「見せられていない電文に返事はできない。そうだろう？　わたしはもうここを出たあとだった。帰ってきてから読むよ」

　エレベーターの扉が開いた。


「〝停電〟です」と若い局員が言う。

　どうもよくない、とハヴァフォードは考える。

　シングルトンからは突き放された。あの古狸《ふるだぬき》は手柄はおれのもの、失敗は部下のものという男だ。

「あなたが決めるしかないようですが」

「とにかくエミール・ギベールを見つけろ」ハヴァフォードは食いつくように言った。

「わかりきった解説はいらない」

「すみません」

　あと五十九分。

　作戦開始以降はハヴァフォードにも中止を決定する裁量権がある。〝切断スイッチ〟を入れれば、警報が発令されて、ヘルに届く。この場合、ヘルはホテルを出て、あらかじめ仕込まれた目くらましが中国側の監視を排除するあいだにモスクへ逃げこむ。

「パパ・ベアの捜索を続けるんだ」

「はい」

最悪の場合を想定しろ、とハヴァフォードは自戒する。

ヴォロシェーニンがエミールを捕まえて締めあげたと。

そしてエミールが吐いたと。

この場合、ヴォロシェーニンは〝ミシェル・ギベール〟が偽者だと知ったことになる。しかしエミールはその正体がヘルだと話すはずがない。〝ミシェル・ギベール〟に扮しているのはイギリスの工作員だと思っているからだ。だからヴォロシェーニンがつかむ事実はそれだ。だがヴォロシェーニンは論理的思考で、イギリスはアメリカの代理を務めているだけだと考えるだろう。そしてこれがアメリカの作戦であることを知る。

そうしたら彼はどう出るか。

中国側の、自分と親しい康生にそれを教えるだろう。

康生はどう出るか。

ヘルを泳がせて何が起きるか見てみるか、ヘルの身柄を拘束して拷問し真相を引き出すかのどちらかだ。康生に関する全情報に照らせば、後者だろう。

「碁打ちは配置についているんだな」とハヴァフォードは訊いた。

「その合図を送ってきました」

ホテルの外の監視班によれば、ヘルはホテルに入ったあと出てきておらず、カーテンもしかるべき状態にある。つい十分前には茶を飲むために湯の入った魔法瓶の取り換えを頼んだ。だから無事部屋にいて、康生の手には落ちていないと考えられる。

だが、無事な状態はずっと続くか？

中止だ。

今すぐ僧侶に指令を出して、切断スイッチを入れるのだ。

58

ニコライは小さなバルコニーに出た。

大通りの反対側、街灯の琥珀色《こはくいろ》の光に照らされて、僧侶が木の下にたたずんでいた。僧侶は南を向いている。

つまり〝実行〟だ。

ニコライは煙草を出そうとした。火をつけるのが了解の合図だ。

そのとき、僧侶が歩きだした。

59

「パパ・ベア、発見しました」

「中止命令を撤回しろ」とハヴァフォードは命じた。「爺《じい》さん、どこにいた？」

エミール・ギベールは新しい愛人を見つけて住まいをあてがっていた。踏みこまれたエミールは驚き、むっとしたという。

「ちょっと目先を変えたいんだよ」とエミールはハヴァフォードに雇われたイギリス人に言った。「文句あるか。おれはフランス人だぞ」イギリス人に女遊びの愉しさがわかるものか、とエミールは思っている。イギリス人の色事はやつらの料理なみに味気ない。

「爺さんから目を離すな」ハヴァフォードは命じた。「僧侶を呼び戻せ」

「了解」

ハヴァフォードは椅子に坐って壁時計の照明された文字盤を見た。

あと十二分。

60

ヴォロシェーニンは電話の受話器を耳にあてている。

老人は折れた。あの世代のフランス人で、若いきれいな女が脳みそを壁にぶちまけるのを座視できる者はいない。息子はたしかに自動車事故で死んでいて、今生きている〝ミシェル・ギベール〟はイギリスの工作員だと白状した。

何がイギリスだ、とヴォロシェーニンは思う。イギリスは香港を押さえていられれば幸せで、眠れる龍である中国を起こしたくないはずだ。それに東京でニコライ・ヘルを管理したのはイギリスではなくアメリカだ。

やっと康生が電話口に出た。

「もしもし」康は気のない声を送ってきた。まるで異常事態など起きていないかのように。

「父親が白状した。わたしの思ったとおりだった」とヴォロシェーニンは言った。

長い間を置いて康が言った。「京劇を愉しむといい」

そのつもりだよ、とヴォロシェーニンは内心で独りごちた。

61

ニコライは僧侶が北へ歩きだしたあと、また南に向き直るのを見た。

中止された任務が、すぐまた再開されたのだ。ニコライの心は乱れなかった。碁盤は動的な場であり、流れるような思考と動作を要求する。

だが、僧侶は予想外のことをした。ホテルのほうを向き、ニコライをまっすぐ見たのだ。五階下の通りの反対側にいる僧侶だが、その視線ははっきり感じることができた。ちょうどかつて岸川将軍や大竹七段の目と向き合ったときのように。

ニコライはうなずいた。

片手で覆《おお》いをしながら、煙草に火をつけた。作戦を前に進めるという合図だ。長い一服を喫《す》ったあと、部屋の中に戻り、ドアを閉める。

それから部屋を出て階下におりていった。

62

「碁打ちに伝わりました」

「了解」

もはやハヴァフォードにできるのはじっと待つことだけ。

彼の任務の最悪の部分だった。

63

ダイアモンド少佐は執務室の中はおろか、近くにもいないようにしていた。それでも連絡場所は知らせておいたので、北京で何か進展があればただちに報告を受けとれた。じっと待つのはつらいものだ、とダイアモンドは思った。

64

北風がまた強まるなか、ニコライは襟巻を首に巻いて冷たい夜気の中に出ると、陳の車を待った。陳は何をぐずぐずしているのだろう？　いつも病的なほど時間厳守なのに。

通りの向かいで僧侶が南に歩み去った。

あれであの連絡役の任務は終了だ。そう思うと、ニコライは痛みにも似た悲しみを覚えた。事の進行をとめる最後のチャンスが歩み去ったのだ。

車が強い風に赤い小旗を鋭くはためかせながらやってきた。ホテルの玄関先で停止し、後部ドアが開いて、陳がおりてきた。

「遅くなってすみません。道が混んでいたもので」

どこか怯《おび》えているように見えた。

陳はニコライを後部座席に招き入れ、自分も乗りこんだ。

ニコライは梁に挨拶《あいさつ》しようとして、違う運転手だと気づいた。

「梁はどうした」

「風邪です」と陳は答えた。怯えがぷんと臭った。脂《あぶら》っぽい汗が頬で光っている。ニコライは煙草を二本出して一本を陳に差し出した。陳は震える手で受けとる。ニコライはライターを掲げ、陳の手首をつかんだ。「風邪《かぜ》がうつったのかな」

「かもしれません」

「家に帰って休んだほうがいい」ニコライは陳の目を見て言った。「わたしはかまわないから」

「すみません」と陳は言う。「その……遅れてしまって」

「本当にかまわないんだ」ニコライは手首を放した。

座席にもたれて煙草を喫い、窓の外を見た。車が宣武区ではなく鐘鼓楼《しょうころう》のほうへ向かっていることには気づかないふりをした。

65

康生は舞台の準備をしていた。

完璧にやりたい。これから上演する劇の舞台装置を粗漏《そろう》なく仕上げたい。台本はもうできている。

ニコライ・ヘルとやらはこちらの望む台詞《せりふ》を言うことになる。最初は拒むだろう。男の矜持《きょうじ》が抵抗させるだろう。だが結局は折れて、台詞を舌にのせることになる。男としてここへ来て、宦官《かんがん》となって出ていく。来たときは主演男優で、出ていくときは主演女優。恥辱にまみれ、死なせてほしいと哀願するのだ。

だが、密かな尊厳ある死はこの男の劇の台本に書かれていない。ぼろぼろになった男には別のシーンが用意してある。天橋《てんきょう》のたもとで数千人の観客の前で屈辱の場面を演じさせるのだ。やつは主役の刺繍《ししゅう》入りの衣装を着るかわりに背中にプラカードを背負う。太い縄で全身を縛られる。そして最後のお辞儀をするとき、ライフルの発射音がとどろき、歓声がどよめく。

康は芸術的に細くて丈夫な針金を手にとった。片方の端は尖《とが》り、反対側の端は輪になっている。これをヘルの男性そのものに刺し通すのだ。

新たに考案したこの責め技は、名づけて〝二胡《にこ》の弓弾き〟。睾丸に通した針金を押し引きする。そのときヘルが聞かせる唱《うた》はどんなものだろうと、康は今から想像してやまなかった。

康はこの公演のために特別な衣装を身につけている。黒い絹のシャツとズボンに、黒糸の浮き模様を施した黒い上着に、黒い上靴。髪はなめらかなオールバックに撫《な》でつけ、眉の手入れをし、頬にはそれとわからないほどの薄紅を刷いた。

めざすところは精神的拷問と肉体的拷問の組み合わせの妙だ。まず途方もない苦悶を予見させてから、いったんは取りやめにするかに見せて、結局は執行する。絶望と希望、恐怖と安堵《あんど》、苦痛とその緩和をくり返しつつ、ひたすら激痛あるのみのクライマックスに向けて盛りあげていく。

京劇の傑作はどれもそうだが、音楽と台詞があいまって感動を呼ぶ。ヘルの独白は聞きものだろう。はい、わたしはアメリカの工作員です。はい、わたしは裏切り者の傀儡《かいらい》、劉の糸を引きにきました。そうです、劉は雲南省の反革命勢力に武器を供与する陰謀に加担しています。はい、彼らは毛主席暗殺を目論《もくろ》んでいるのです。

車のドアが閉まる音が聞こえた。それから砂利を踏む足音。

もうまもなく開演だ。

66

劇場内の照明が暗くなり、舞台に明かりがともった。

ボックス席で居心地よく坐っているヴォロシェーニンは、前に身を乗り出して舞台を見おろした。黒い正方形の舞台は伝統にしたがって客席の北側に設《しつら》えてある。ヴォロシェーニンはこの古い劇場が好きだった。舞台を囲むのは金の飾りをあしらった朱塗りの柱、古い木の床、落花生や湯気の立つおしぼりを売る売り子たち、ざわめきと笑い。

ヴォロシェーニンの隣の椅子は空いている。

やつは来なかった。

あの愚かな若造は別の劇場にいる。そこで心ならずも主役を演じ、歌うのだ。

期待を高める沈黙のあと、楽団が冒頭の音楽を奏で、聴衆が静まるなか、荀慧生《じゅんけいせい》が舞台に現われた。若い娘を演じる荀は、明《みん》朝の裾《すそ》の長い真紅の衣を着ている。肩のところに花柄の刺繍《ししゅう》があり、袖口《そでぐち》には水袖《すいしゅう》という長い布がついている。舞台中央に立ち、自分は紅娘《こうじょう》だと名乗って口上を述べた。

それから数十年の年季が入った優雅な手つきで、袖の中から巻物をとりだし、間をとってから、有名な最初の唱《うた》を歌いだした。

この手紙こそ恋のあかし。
わたしは今お嬢さまの言いつけで西廂へ。
静寂に満ちたこの朝まだき。
わたし紅娘が小さな咳であの方に知らせましょう。

ヴォロシェーニンは愉悦に包まれた。

67

「碁打ちがレーダー圏外に出ました」

ハヴァフォードの血が冷え、胃袋が引っくり返った。「何だって？」

「ゼロ地点に到着しませんでした」

「まだ到着していない、じゃなくてか？」

若い局員は肩をすくめた。数秒後、「撤収命令《スクランブル・コード》を出しますか」と訊いてきた。

文字どおり逃げる《スクランブル》ことを命じる。モスクの脱出支援班には警察に検挙されないうちに撤収するよう、そして僧侶や回族の協力者の全員に国境地帯へ逃げるよう指令を出すのだ。

ハヴァフォードはいくつかのケースを考えた。

物理的障害のケース――ヘルは道路の混雑などで遅れている。

裏切りのケース――ヘルは臆病風に吹かれて逃亡した。

破局のケース――ヘルは康生の手に落ちた。

第三のケースなら、撤収命令を出さなければならない。

「いや」とハヴァフォードは言った。「もう少し様子を見よう」

おまえはどこにいるんだ、ニコライ？

68

三人の警察官がニコライを車からおろし、ボンネットに押しつけて、後ろ手錠をかけた。抵抗はしなかった。まだそのときではない。

警察官はニコライの身体を引きあげ、両側からはさんでそれぞれ肘をつかんだ。

「スパイめ！」陳がどなったが、目には赦《ゆる》しを乞う色が浮かんでいた。陳はニコライの顔に唾《つば》を飛ばしながらまくしたてる。「さあ、今から人民の正義の怒りを受けとめろ！　労働者と農民の怒りを思い知れ！」

陳は向き直って車に戻ろうとしたが、車からおりている運転手が拳銃を抜き、陳の頭に突きつけた。「陳、人民共和国への反逆罪容疑で逮捕する」

三人目の警察官が陳の両腕をつかみ、うしろへねじって手錠をかけた。

「違う！」と陳は叫んだ。「わたしじゃない！　彼だ！　わたしじゃない！　わたしは命令どおりにしただけだ！」

運転手は拳銃をホルスターに収め、陳の顔を思いきりひっぱたいて、「連れていけ」と命じた。

警察官は陳をニコライの前へ押し出した。

ふたりの警察官は無言でニコライを引っ立て、石庭を通り、洞窟のように見える場所へ連れていった。警察官のひとりが厚い木のドアをノックする。しばらくして「入れ」とくぐもった声。

ドアが開くと、警察官たちはニコライの背中を押して中に入らせた。

その部屋こそ、まさに洞窟。少なくとも洞窟に似せたコンクリートの空間だった。共産主義者は本当にコンクリートが好きだとニコライは思った。天井には起伏がつけられ、壁には氷河がこすれて岩の表面についた条線のような模様が描かれている。

この〈洞窟〉には紫檀《したん》のテーブルと椅子とラウンジソファーと拷問装置が美しく配置されていた。ベンチのようなものがひとつあるのは、おそらく殴打と鶏姦《けいかん》のための設備だろう。驚くほど豊富な種類の鞭《むち》と殻竿《からざお》が整然とフックに吊るされている。二脚の背板のまっすぐな椅子は座面をはずされ、脚を床に釘づけされていた。

警察官たちはニコライを椅子のひとつに力ずくで坐らせ、手錠をはずし、ごつい革帯で両手首を椅子の肘掛けに縛りつけた。見ていると、陳が手荒く服を脱がされ、天井に走っているレールに手錠を取りつけられた。次いで足首が床に埋められた金属杭に鎖でつながれる。陳は両腕両脚を広げたX字形になった。

陳は顎を胸につけて小さな声で泣いていた。

建物の内部に通じるドアが開いて、康生が出てきた。

じつに劇的だ。ニコライは感心すらした。照明は完璧、登場のタイミングは絶妙。ランプの明かりに手にした道具がきらりと光る。

針金だ。長さは三十センチほど。片方の端が針のように尖《とが》っている。

「ようこそ。ミスター・ヘルといったかな」

「ギベールだ」

「それならそれでよいが」康はほくそ笑んだ。

ニコライは喉《のど》もとに迫《せ》りあがる恐怖を懸命に抑えて明晰《めいせき》な思考を保った。思うに、康はすでに最初の間違いを犯している。こちらの正体を知っていることを明かして、序盤から手の内を見せてしまったのだ。

「もしかしたら」と康は言った。「きみのために用意されているものを見れば、もっと協力的になるかもしれないな」

「その可能性はつねにある」とニコライは応じる。

「その可能性はつねにある」と康は嬉《うれ》しそうに鸚鵡《おうむ》返しをした。このヘルという男はじつに主役らしくていい。みごとに役を演じてくれる。同じく空から落ちるのでも、雀より鷹のほうが劇的だ。康は陳に顔を向けた。かたやこの男ははまり役の道化《チョウ》と言っていいだろう。「反革命勢力の犬め」と康は決めつける。

「違います」陳は泣き声で訴えた。「わたしは忠実な――」

「嘘をつけ！」康は一喝する。「おまえも陰謀に加担していた！　この男を補佐していたのだ！」

「違います」

「いいや、そうだ！　おまえはこの男を教会に連れていっただろう」

「はい。でも――」

ニコライが口をはさんだ。「彼は何の関係も――」

「黙っていろ」康はぴしりとさえぎった。「もうすぐおまえの番が来る。今はこの太った豚の出番だ。おまえは一日にいくら分の食事をしたのだ、この豚め。外国の客をもてなすのが好きなのは、人民に内緒でたらふく美味《うま》いものが食えるからか」

「違います……」

「では、スパイだからだな」

「違います！」

「違うのか。それなら白状する機会を一度だけ与えてやる」

今はこの劇の退屈な場面、前説の部分だ。囚人はこの段階では自白しない。自白はみずからの死刑判決への署名だと知っているからだ。これから苦痛を味わわされるのは知っている。そして結局は死に値する罪を告白することも。だが、それでも最初は生き延びようともがくのが人間の性《さが》なのだ。

陳は黙っている。

「よろしい」と康は言う。

ニコライは陳の目が眼窩《がんか》から飛び出しそうになるのを見た。康が針金を持って近づく。含み笑いをする。「これは初めての試みだ。だから少し実験する必要がある」

もがく陳の片方の睾丸に、針金の先を軽く触れさせる。

「問題は針金がしなやかなことだ」

康は針金の先を五センチほど離してから、突き刺した。

69

荀慧生は豊かな声量と確かな音程で美声を高めていく。

ああ、可哀想《かわいそう》なお嬢さまは毎日眉をひそめ、
若さまは病んで痩《や》せほそる。
奥さまから罰を受けてもいい、
わたしし紅娘はふたりの夢を叶えてあげよう。

ヴォロシェーニンは拍手をし、下の聴衆は「好《ハオ》！　好《ハオ》！」と演技と唱《うた》を絶賛した。

70

余大佐は執務室で気をもんでいた。

自称ミシェル・ギベールは歌劇場に来なかった。ホテルにもいないし、監視要員も居所を知らない。わかっているのは北京飯店の外で車に乗ったことだけだ。ヴォロシェーニンに捕まったのか？

それとも康生に？

どちらであっても状況は深刻だ。康生に何をしゃべらされるかわかったものではない。毛が劉将軍の失脚を狙っているなら、今が好機かもしれない。〝ギベール〟はヴォロシェーニン暗殺計画を告白し、康生は劉将軍を黒幕に仕立てあげる。

脱出経路は南だ。

劉将軍を逃がすべきときだろうか？

〈南風作戦〉を発動すべきだろうか？

あまりにも大胆すぎたのか？　時期尚早だったのか？　アメリカの課略を黙認したの

は？　〝ギベール〟が入国してきたとき、とっとと国外追放すべきだったのかもしれない。だが、スターリンと毛に咬《か》み合いをさせる計画はあまりにも魅力的だった。成功すればソ連は高崗《こうこう》を権力の座につける日程を早めようとするだろう。毛は応戦したいが、実力がともなわない。その隙をついて劉将軍が権力を握るのだ。

じつに魅力的な、可能性に満ち満ちた構想……

それにヴォロシェーニンを歌劇場で殺すという着想は、皮肉がきいていてすばらしい。非西洋的だ。もっとも、あの〝ギベール〟は……

劉将軍に知らせるべきだろうか？　撤退作戦を発動して、自分も今すぐ逃げたほうがいいだろうか？　長年の努力が水の泡で、希望は打ち砕かれ、真の共産主義社会をつくる夢は無期限に延期されることになるが……将軍が逮捕され、拷問される危険を冒すわけにはいかないのではないか？

〝ギベール〟はどこにいるんだ？

71

ニコライは吐き気に耐えた。

陳はわめきながら鎖でつながれた四肢をばたつかせた。康生はふたつの睾丸に刺し通した針金を前後に動かしながら、声の出し方を指示する。

「〝換気《かんき》〟だ」康生は京劇の呼吸法の用語を使って命じた。「ゆっくり吸って、ゆっくり吐く。次は〝愉気《とうき》〟。鋭く息を吸う。いいか、だしぬけに、思いきり吸うんだ。そう……いいぞ……」

ニコライは自分の呼吸法に精神を集中した。鼻から深く息を吸い、臍《へそ》の下まで押しこみ、そこに溜め、放つ……鼻から深く息を吸い、臍の下まで押しこみ、そこに溜め、放つ……臍の下の深いところに溜める、気が全身の筋肉に行き渡るのを感じるまで溜める……

陳の苦悶の叫びを意識の外に追いやる。

「白状する、白状する、白状する！」陳はわめいた。

だが、康は聞こえないふりをして〝二胡の弓弾き〟を続ける。陳の悲鳴が人間の声とは思えない高さになった。陳が口の形で分類される音韻の四つの型――開口呼《かいこうこ》、斉歯呼《せいしこ》、合口呼《ごうこうこ》、撮口呼《さつこうこ》――をきちんと発するまでやめる気はないのだ。

康が針金を抜くと、陳はがくりと首を垂れた。身体がぐったりする。汗がコンクリートの床にぽたぽた落ちた。

「わたしはスパイです」陳はすすり泣きながら言う。「陰謀に加担しました。彼を補佐していました」

「雲南省の逆賊に武器を送る陰謀か」

「そうです」

「毛主席を暗殺する陰謀か」

「そうです」

「誰から命令された？　劉将軍からか」

「はい、劉将軍からです」

陳がもう何でも言う気になっているのを、ニコライは見てとった。康の拷問をこれ以上受けないためなら何にでも同意するだろう。

ニコライはまた、康がさらに自分の考えをさらけ出したのに気づいた。

岸川将軍の言葉が脳裏によみがえる。〝心を鎮《しず》め、清水の溜まりのごとく思念を澄ませよ。息を吸い、〈気〉を溜めよ〟

康の狙いは劉将軍で、自分は途中の石の連なりにすぎない。好都合だ。

康がニコライのほうを向いた。「さて、ミスター・ヘル、きみの番だ」

そう言って針金を持ちあげた。

72

「その必要はない」とニコライは言った。「どんな質問にも答えるつもりだ」

康生はにやりと笑った。「自分は〝ミシェル・ギベール〟ではないと認めるのだな」

「わたしは〝ミシェル・ギベール〟ではないと認める」

「ニコライ・ヘルだと認めるのだな」

「ニコライ・ヘルだと認める」

「なぜ北京へ来た、ニコライ・ヘル？」

ニコライは革帯が許すかぎり前に身を乗り出した。康の目をまっすぐに見て答える。

「ユーリ・ヴォロシェーニンを殺しにきた」

康の顔が青ざめた。

73

「あの豚を外に出せ」と康は命じた。「おまえたちも外で待っていろ」

盤上の石の配置が変わった、とニコライは思った。部下たちに極秘情報を知られるのを嫌って、康はそれらの石を取り除いてくれたのだ。〝息を吸い、〈気〉を溜めよ。息を吸い、〈気〉を溜めよ〟

警察官たちは陳の縛《いまし》めを解いて部屋の外へ引きずり出した。ドアが閉まると、康は訊いた。「ヴォロシェーニンを殺しにきたと認めるのか」

「認めるどころか、自分から進んでそう言っている」

「なぜだ?」

ニコライは康が持つ針金を顎で示した。「痛いのは嫌だからね。それに取引をしたいんだ」

「おまえは取引などできる立場にはない」

「どうして?」

康は顔の前で針金を振った。「〝取引〟などしなくても、ちゃんとしゃべらせてやる」

「なるほど。しかしそれは無理かもしれない。わたしが日本人のように育てられたことは知っているだろう。日本人を拷問にかけたときの経験から何が言える？　それにミスを犯したらどうする？　加減を間違えてわたしが死んでしまったら？　そのときはわからずじまいだぞ」

これは愉しい、と康は思った。ぞくぞくする。筋書きが変わったのだ。月並みからの脱却だ。「何がわからずじまいになるのだ？」

「ヴォロシェーニンの上手《うわて》に出る方法が」

康の心が動くのが見えた。ちらりと、目の中をよぎった。ヴォロシェーニンの上手に出るのは好ましいことなのだ。康はソ連からの縛りから逃れたがっている。

石が動いた。

〝息を吸い、〈気〉を溜めよ。息を吸い、〈気〉を溜めよ〟

康は笑った。が、はっきりした嘲笑にはならなかった。「ヴォロシェーニンを屈伏させる方法を教えるというのだな」

ニコライはうなずいた。

「どうやる？」

「まずその針金を置いてくれ」

康は針金をテーブルに置いた。「どうやるのだ」

「脅迫だ」

「具体的に言うと?」

ニコライは首を振った。「今話したら、わたしが生きてここを出られる保証がない。生きて中国を出られる保証がね」

「わたしが約束する」

「ばか扱いはよしてくれ」

康は針金に顎をしゃくった。「〝二胡の弓弾き〟を経験すればおまえは話す。痛いのが嫌ならそれを避けるがいい。おまえの命の保証については……」

〝息を吸い、〈気〉を溜めよ。息を吸い、〈気〉を溜めよ〟。嘘の保証をあてにして交渉するのはむだだ。今こそ彼をおのれへの過信に導け。彼の石を罠に誘いこめ。

「ユーリ・ヴォロシェーニンはわたしの母親からかなりの額の金を騙《だま》しとった。それを預金と投資にまわしている。金を手に入れたのはかなり以前だが、利息が相当ふくらんで、ユーリはとびきり裕福になっている。そのことはベリヤには知られたくないだろう。もちろんスターリンにはなおのこと。テープ録音機はあるか」

「もちろんだ」

「用意してくれ。今のことを詳しく話す。それでヴォロシェーニンはあんたのものだ」

〝息を吸い、〈気〉を溜めよ。息を吸い、〈気〉を溜めよ〟

康が録音の用意をすると、ニコライは母親から聞いた話をした。三十年前にペトログラードで起きた出来事を。

74

「もうどれくらいたった？」とハヴァフォードは訊いた。

「三十一分です」

〝道路の混雑〟の線は消えた。ヘルは逃亡したか、捕まったかだ。

〝撤収命令〟を出すべきだ。

各自勝手に逃げよ《ソーヴ・キ・プ》。

しかし、脱出支援班を撤収させて、もしヘルが生きていたら……

75

余大佐は椅子から立ち、執務室を出て、廊下を進んだ。

劉将軍は机についていた。ドアが開く音を聞いて顔をあげ、穏やかに尋ねた。「何かね」

「そろそろ吹かせるときかと」

「うん？」

「〈南風〉を」

余は状況を説明した。終わると、劉将軍が言った。「お茶を淹《い》れてくれ」

「将軍、本当に――」

「お茶だ」劉将軍は静かにくり返した。「三煎《さんせん》目を頼む」

76

ニコライは供述を終えた。

康生が言った。「ヴォロシェーニンを殺したいのはそういうわけか」

「あんただってそうするだろう」

「いや。わたしは母親が嫌いだった」

「それはお気の毒」

康は肩をすくめた。

「しかしアメリカが個人的な復讐のスポンサーになるはずはない。なぜおまえを送りこんだ？」

「ヴォロシェーニンを殺すために」

「なぜ殺す？」

ニコライはすべてを話した。北京とモスクワのあいだに楔《くさび》を打ちこむ計画のことを。

なぜなら、もうそれはどうでもいいことだから。

今必要なのは、康がこちらの期待どおり動いてくれることだ。動かないかもしれない。だが、ニコライは成算ありと見た。人はおのれの本性に忠実だ。康はその本性をあらわにした。それに従って行動するだろう。

思う壺だった。「話はそれで全部か」

「そうだ」

「よし」康は針金を手にとった。「舞台を続けよう」

〝息を吸い、〈気〉を溜めよ。息を吸い、〈気〉を溜めよ〟。ニコライは喉《のど》に恐怖を沁《し》みこませた。「なぜだ？　全部話したんだぞ！」

「そうだな」

「なら、こんなことは無意味だろう！」

「大事な点は」康は言いながらニコライの前にしゃがんだ。「わたしにはこれが愉しいということだ」

石の形ができた。

ニコライは気のすべてを両脚に集めた。康がニコライのベルトをはずそうと手を伸ばすあいだに、活力が血管と筋肉の中を流れていく。

溜めて――

――放て。

両脚に充満した〈気〉を炸裂させ、ニコライは立ちあがった。床の鉄杭につなぎとめられた椅子の脚が裂ける。康はうしろに倒れたが、すぐ立ちあがった。肘掛けに両手を固定されたままのニコライは、二度身体を回転させてはずみをつけ、椅子の脚で康を強打した。康はきりきりまわりながら壁へ投げ出される。そこへニコライは体当たりをした。壁に叩きつけられた康の肺から息が抜けた。

ニコライは後退して、二度《ふたたび》、三度《みたび》、体当たりをし、四度目に相手の身体を壁に押しつけた。康は衝撃でぼうっとしている。ニコライは全体重を相手にかけた。

康はまだ針金を手にしていた。ニコライは次の動きを読んだ。

康は必死になって針金の先端をニコライの喉に刺そうとする。

ニコライは抗《あらが》わなかった。喉に針が入り、血が流れ出すのを感じた。康が勝利の笑みを浮かべる。

ニコライはさっと下を向き、針金を噛《か》んで、顔をあげ、針金を康の手からもぎとった。

康は愕然《がくぜん》として目をむいた。

ニコライは頭をできるだけうしろに引き、次いで前へ突き出した。

針金が康の目に刺さった。康は苦悶の悲鳴をあげ、逃れようと身悶《みもだ》えた。

ニコライは針金をしばしそのままにしてから、「陳の仇《かたき》だ」

そう言って……一気に脳まで刺し通した。

康は身体を硬直させた。

うめいた。

そして死んだ。

ニコライは康の身体をくずおれるにまかせた。それから坐って、歯で手首の革帯をはずしはじめた。五分かけて片手を自由にし、次いでもう片方もはずした。何度か深呼吸をし、活力を集めて、立ちあがった。録音機からテープをとり、ポケットに収めた。

腕時計を見る。ヴォロシェーニンを殺す時間はまだあった。

77

三人の警察官が隣の部屋で陳をいたぶっていた。

ひとりが顔をあげ、入ってきたニコライに驚いた。頭を蹴られて死ぬ直前にはもっと驚いたにちがいない。ふたりめは拳銃を抜こうとした瞬間、喉に肘打ちをくらって絶命した。三人目は逃亡を図ったが、ニコライに襟首をつかまれ、硬く分厚い木のドアに頭を叩きつけられて頭蓋骨《ずがいこつ》を割った。

要した時間はわずか五秒。ニコライは陳のそばにしゃがんだ。陳は冷たいコンクリートの床で震えていた。

「あいつを殺してくれましたか」陳は痰《たん》のからむような声で訊く。

「思いきり痛い死に方をさせた」ニコライは陳の首の頸動脈《けいどうみゃく》の上に人さし指と中指をあてた。「陳、どんぶりに山盛りの白い飯と豚の甘辛煮を思い浮かべるんだ。どうだ、できるか」

陳はうなずいた。

「よし」ニコライは指に力を加え、陳の命が退いていくのを感じとった。

ニコライはいちばん大柄な警察官の死体から上着をはぎとって着た。次いでその男の帽子をかぶった。〈洞窟〉を出て美しい庭を通り抜け、外に出た。車の中で煙草の火がひとつともっていた。アイドリング状態で、暖房をつけている。

ニコライは歩み寄って窓に近づいた。「開けろ」

運転手は窓を巻きおろした。「何だ？　寒いじゃないか」

「乗せてくれ。大将が何かあったかいものを食ってこいとさ」

ロックがはずされると、ニコライは後部座席に身体を滑りこませた。

運転手のうなじに警察官から奪った拳銃を突きつけた。「正乙祠《せいおつし》大戯楼《だいぎろう》へやれ。道は知っている。妙な真似はするな」

「長官に殺される」

「それはない」

運転手はギアを入れて車を発進させた。

移動時間は二十分。

そのあいだに活力をふたたび溜めた。疲労が激しかった。椅子を床から毟《むし》りとるのに〈気〉を使い果たしてしまった。こそりとも音を立てずヴォロシェーニンを殺す完璧な一撃は可能なのか。まして脱出はできるのか。

ニコライはまた、感情も活力を消費したことに気づいた。拷問室への恐怖、平静を保つための精神力、陳の苦悶を見る忍耐、陳の死に対する心からの悲しみ――どれもがこたえた。康生と三人の部下の殺害には、良心の呵責をみじんも感じなかったが。

仏教の教えが正しいなら、康は中有《ちゅうう》という死から次の生までの状態に入り、生まれ変ったあとは一生のあいだ苦しむことになる。

ニコライは呼吸に精神を集中して活力の回復をはかった。それがゆっくりと戻ってくるのを感じたが、充分なだけ、必要なときに間に合うよう回復できるのかはわからなかった。

車が歌劇場に到着した。

「次のブロックまで行け」とニコライは命じた。

運転手はさらに一ブロック進んでから車を歩道脇につけた。ニコライは拳銃を置いて手刀《しゅとう》を運転手の後頭部に打ちあてる。運転手が絶命してハンドルに突っ伏すと、車をおりて、正乙祠大戯楼まで歩いた。

玄関の守衛に呼びとめられた。

「ギベールという者だ。同志ヴォロシェーニンの招きで来た」

「もうすぐ終わりますよ」と守衛は不服げだ。

「ちょっと……野暮用があったものでね」ニコライは片手でV字をつくり、そのあいだで人さし指を前後に動かした。

守衛は笑った。「じゃ、どうぞ」

ロビーにはほとんど人がいなかった。建物の見取り図を思い出しながら、急ぎ足で階段を見つけて駆け足でのぼり、廊下に出た。めざすドアの両側にヴォロシェーニンの警護員のうちふたりが壁にもたれて立っていた。ニコライを見ると壁から背中を離し、ひとりが上着の内ポケットに手を入れた。

ヴォロシェーニンが慎重にことを運ぶ気でいればいいが、そうでなければ、この場でわたしは死ぬ、とニコライは考えた。警護員たちのほうへすたすたと歩きながら両手をあげ、どうする気なんだいと肩をすくめる。

拳銃を持っていないほうの男が不機嫌な顔でニコライの脇の下や足首を調べ、何もないことを確かめると、ボックス席のドアを開けた。

射しこんだ明かりに、ヴォロシェーニンが振り返った。

薄暗い中でもその目に驚きが浮かぶのが見えた。そう、死んだはずの男が来たんだよ、とニコライは思いながら、ドアの内側に立っている三人目の警護員の脇を通ってヴォロシェーニンの隣に坐った。

「遅れて申し訳ない」とささやく。

ロシア語で。

眼下の舞台では、顔の左右を黒白に塗り分けた若者役が、朱色のライトに照らされて、戦いの敗北を嘆いていた。言葉の一音一音がくっきりとしたみごとな独白だった。

ヴォロシェーニンが応える前に、ニコライが続けた。「よんどころない事情があったものでね」

78

ニコライが劇場へ歩いていくのを、雪心が見ていた。

雪心はゴミ缶の焚き火にあたっている小さな男の子に言った。「師父にお芝居はまだ終わってませんと言っておいで」

男の子は駆けだした。

雪心はニコライが劇場に入るのを見届けてから、ぶらぶらと歩きだし、建物の裏の路地へ向かった。

79

「レーダーが碁打ちを捕捉」

「なんだと」ハヴァフォードはうろたえた。じっとり汗をかき、消耗していた。ヘルの動きはまるでジェットコースターだ。「場所はどこだ」

「ゼロ地点です」

「まさか」

「そのまさかです」

80

余大佐は廊下を走り、劉将軍の執務室に飛びこんだ。

「例の男が劇場に現われました」

将軍は考えた。アメリカの工作員が歌劇場に着いたからといって、任務を達成できるとはかぎらない。だが、もし首尾よくヴォロシェーニンを殺したら……そのときは何か考えねばなるまい。

「美味《うま》い茶だ」と将軍は言った。

81

太鼓と銅鑼《どら》が鳴り響き、男ぶりのいい若者が舞台に戻ってきた。

美しい絹の錦をまとった娘が、舞い散る桜の花びらのように軽やかな小幅の足取りで舞台を横切った。扇を振りながら、恋人を見、それから白いスポットライトひとつで表わされた月を見あげて、唱《うた》を歌う。

美しい。

それは天上から聞こえてくるような、様式と感情が完全に溶け合った声だった。声が高くのぼっていくとき、ヴォロシェーニンの右手がゆっくりと上着の裾《すそ》のほうへ動いていくのを、ニコライは見た。

ナイフか、拳銃か？

拳銃にちがいない。

なぜすぐ撃たないのか？

こちらと同じものを待っているのだ――闇と大音響を。クライマックスの部分で射殺し、人に気づかれないうちに急いで死体を運び出せば、秘密裡に処理できる。怜悧《れいり》で、冷静な男だ。

音楽が盛りあがりはじめた。

ニコライはヴォロシェーニンのほうへ身を傾けた。

「アレクサンドラ・イヴァノヴナ伯爵夫人が、おまえによろしくと言っていた。わたしの母が」

ヴォロシェーニンの身体が緊張するのがわかった。手が拳銃のほうへ近づく。

「やはりニコライ・ヘルか」

「もうすぐおまえを殺す。おまえには何もできない」

荀慧生《じゅんけいせい》が囀《さえず》るように歌う。

あたしはふたりが会えるよう手引きをした。
おかげでひどく罵《ののし》られ、鞭打たれたけれど、
月がのぼって銀色に輝くいま、
あたし紅娘《こうじょう》は幸せでいっぱい。

太鼓が連打される。

銅鑼が鳴り響く。

舞台は暗転。

ヴォロシェーニンが拳銃をとろうとする。

ニコライはその手首をつかみ、息を深く吸い、すべての〈気〉を〈豹の手〉に集めて、ヴォロシェーニンの胸を一撃した。

小さなうめきが聞こえた。

ヴォロシェーニンは座席にぐったりもたれた。口は縦長の楕円形に凍りついていた。

警護員が近づいてきた。

「ウォッカを飲みすぎたようだ」ニコライはそう言いながら腰をあげた。平土間では聴衆が熱狂的な喝采《かっさい》を送っていた。

ニコライはボックス席から廊下に出た。

「参事官はご気分がお悪いようだ」

ふたりの警護員は急いで中に入った。

ニコライは心を無にして脱出経路をたどった。階段をおりて右へ曲がる。廊下を進み、舞台裏に通じるドアへ。老人がスツールに坐っている。

「ここは入れませんよ」と老人が言う。

「悪いね、お爺《じい》さん」ニコライは力の脱けた手刀《しゅとう》を首の横にトンと当てた。ぐったりする老人を抱えてそっと床におろし、ドアを開けて、さらに左手にあるドアを開けて裏の路地に出た。

路地を歩きだしたとき、温かいものが左脚をつたい落ちているのを感じた。鋭い痛みが走る。ヴォロシェーニンが銃を発射し、弾が当たったようだ。

路地のはずれに僧侶が立っていた。

「〈サトリ〉」とニコライは言った。

「〈サトリ〉?」

「そう」

僧侶は不自由な足で一方へ歩きだし、ニコライは反対側へ歩きだした。

ニコライは今はっきり見た。

清真寺で何が起きるかを。

〈サトリ〉。

罠から脱け出す道。

82

「合図がありました」

「どういう合図だ」とハヴァフォードは訊いた。今夜十三本目の煙草をもみ消し、電信送受信機の前にいる若い局員のところへ椅子を転がす。

「碁打ちが第一地点へ向かっていると」

「なんと」ハヴァフォードは半ば驚き、半ば賛嘆した。

恐るべし、ニコライ・ヘル。

皮膚の上で血が凍り、一種の包帯になった。

完全な包帯ではない。宣武区の胡同《フートン》を足早に歩くうちに、力強く鼓動する心臓が血を脚に送りこみ、一時的に固まった血を破るからだ。それでも寒さが失血を送らせ、痛みを和らげた。

83

ニコライは脚のことなど考えていなかった。

この地区の地図を頭に浮かべ、ハヴァフォードの指示を想起した。冬の夜の通りを急ぎ足にたどり、わずかな通行人を追い抜いていく。目を向けてくる者もいたが、たいていは防寒のため顔を包んでおり、すたすた歩く〝鬼佬《クウエイロ》〟（西洋人の蔑称）には無関心だ。録音テープをゴミ缶の焚《た》き火に投げこんだときも、気にとめた者はいなかった。

警察車両のサイレンの唸《うな》りが、正乙祠大戯楼のほうへ向かっていく。

ヴォロシェーニンの死が発覚したのだ。

ニコライは目の前に碁盤を置き、今の盤面の状態を見た。康生の石とヴォロシェーニンの石が取り除かれた。ヴォロシェーニンの死が発覚した以上、まもなく——もし、まだだとしたらだが——康生秘密警察長官が死んでいるのも発見されるだろう。殺されているのも、と言うべきだが。

ともかく、すぐに追っ手がかかる。今なすべきことは別の黒石のところへ移動することだ。

めざす場所は清真寺。

84

呉鐘《ごしょう》は清真寺で待機していた。

イスラム同胞の班員から、碁打ちがこちらに向かっていると知らせてきたのだ。

アッラーの御心のままに《インシャラー》。

立ちあがり、手足を伸ばして、任務のために筋肉をほぐした。

やるべきことは例のアメリカ人から聞いている。

85

ニコライは牛街《ぎゆうがい》に入った。清真寺が見えた。三つの部分がそれぞれ緑色の瓦《かわら》屋根をいただき、中央の部分には三日月の模様をあしらった小さな塔が突き出ている。白い頭巾をかぶった回族の男がひとり、鉄門のそばで待っていた。

「碁打ちですか」

「歌劇は終わった」

回族の男はニコライの肘をとって周囲を見まわし、急いで小さな中庭に導き入れ、いちばん右端のドアをくぐった。

中は暗く、石油ランプだけで照明されていた。ニコライが目を慣らそうと瞬《まばた》きをしていると、背後でドアが閉まった。回族の男の先導で、玄関広間を通り抜けて狭い階段をおりる。地下室に案内され、中に入るとドアが閉じられた。

長身で肩幅の広い男が目の前に立っていた。

「ようこそ、碁打ち」男の言葉は訛りのきつい北京官話だった。

「やあ」とニコライは応じた。

男はニコライの脚を見て言った。「怪我をしたようだな」

「撃たれた」

「標的は？」

「始末した」

「確かかね？」

「始末した」とニコライは重ねた。脚がうずきだし、さらに悪いことに、下半身から力が抜けてきた。まずい事態だった。なぜなら目の前にいる中国人が、英語をはっきり発音しようと苦労しながらこう言ったからだ。「ハヴァフォードから、悪いが消えてもらう、と伝えるよう言われた」

86

呉鐘《ごしょう》は巨体ながら敏捷《びんしょう》に動いた。喉《のど》を叩きつぶしにきた肘を、ニコライはかろうじて避けた。間一髪で体をかわし、前腕で肘を払うと、身体を回転させながら拳を相手の無防備なこめかみに飛ばしたが、脚ががくりと崩れて床に倒れた。

呉はニコライが倒れたのを見て、脚を振りあげ、踵《かかと》を胸に落としてきた。

ニコライはその動きを見て身体を転がし、踵落としを避けた。呉の踵が木の床に穴をあけた。呉は続いて低い前蹴りを頭に飛ばしてくる。ニコライは腕で防ぎ、蹴りを肩で受けとめた。腕が無感覚になった。呉が身体をつかもうと両腕をおろしてきたとき、ニコライは背中ではずみをつけて両足を蹴りあげ、呉の両腕のあいだから踵で顎を一撃した。

呉がうしろに飛んだ。本当なら今の蹴りで死ぬか、少なくとも気絶するかしたはずだ。だが康生の〝洞窟〟での拷問からまだ完全に回復せず、脚からの出血と今しがたの打撃で力が弱まって、ニコライの蹴りには必殺の威力がなかった。

が、それでも飛び起きて体勢を整える時間ができた。呉が左右の突きをくり出しながら前に出てきた。ニコライは壁のほうへ後ずさりする。今や脚からは血がだらだら流れ、頭がくらくらしはじめていた。大柄で力のある相手に壁に押しつけられたら万事休すだ。

ニコライは次のふたつの突きの下をくぐり、相手のふところに飛びこんだ。足を踏ん張ったとき激痛が駆けあがった。身体がぶち当たったとき、呉は腕でニコライの頭を抱えこみ、首の骨を折ろうとしたが、ニコライはさっと頭を振って罠から逃れた。ふたりはもろともに床に倒れこむ。呉は両脚でニコライの右脚をはさみつけた。しかたなくニコライは傷ついたほうの脚で呉の脚をはずそうとする。激痛が走ったにもかかわらず、相手の股間に膝打ちが三度続けてきまった。

呉はうめいたが叫び声をあげず、体勢も崩さない。さらに太い腕をニコライのうしろへまわして拳を首と後頭部へ叩きつけはじめた。

ニコライは霧がかかってきたのを感じた。

霧はやがて闇に変わりはじめた。

拳をよけるために上体を起こした。呉は待っていたとばかり、腰をはねあげてニコライの身体を脇へ投げた。あおむけに落ちたニコライは立ちあがろうとしたが、痛む足が許さなかった。

呉がよろめきながら起きあがる。ニコライは床の上にあおむけに寝たままうしろへずりさがる。壁にたどり着くと、もたれながら丸めた身体を起こし、襲いくる嵐にそなえようと身構えた。

最初の蹴りが腎臓に来た。次が腰に来た。その次が傷ついた脚に来た。

ニコライは痛みに絶叫する自分の声を聞いた。

立ちあがろうとした。が、腕の力が弱く、足は踏ん張れない。

だが死ぬなら立って死にたかった。

身体を押しあげようとしたが、腕からがくりと力が抜けた。また床に倒れた。できたのは、せめて敵と向き合って死ねるよう身体を転がすことだけだった。死の直前の明晰《めいせき》な意識に碁盤が浮かび、なぜハヴァフォードがこんな石を打ったのかを理解した。

呉が踵落としの体勢をとりはじめた。

「さらば《マアッ・サラーマ》」

広い額のど真ん中に弾丸が命中し、呉鐘はうしろに倒れた。

ニコライは銃が発射された方向を見た。

余大佐が拳銃をおろした。

余のうしろにいる僧侶がニコライのそばへ来てしゃがんだ。「〈サトリ〉」

「遅かったじゃないか」とニコライは言った。

周囲が真っ暗になった。

訳者略歴　1957年生，東京大学法学部卒，英米文学翻訳家　訳書『すべての美しい馬』『ザ・ロード』マッカーシー，『嵐の眼』ヒギンズ（以上早川書房刊）他多数

HM=Hayakawa Mystery
SF=Science Fiction
JA=Japanese Author
NV=Novel
NF=Nonfiction
FT=Fantasy

サトリ
〔上〕

〈NV1273〉

二〇一二年十二月　十　日　印刷
二〇一二年十二月十五日　発行

（定価はカバーに表示してあります）

著者　ドン・ウィンズロウ
訳者　黒《くろ》原《はら》敏《とし》行《ゆき》
発行者　早川　浩
発行所　株式会社　早川書房
郵便番号　一〇一－〇〇四六
東京都千代田区神田多町二ノ二
電話　〇三－三二五二－三一一一（大代表）
振替　〇〇一六〇－三－四七七九九
http://www.hayakawa-online.co.jp

乱丁・落丁本は小社制作部宛お送り下さい。
送料小社負担にてお取りかえいたします。

印刷・三松堂株式会社　製本・株式会社フォーネット社
Printed and bound in Japan
ISBN978-4-15-041273-9 C0197

本書は活字が大きく読みやすい〈トールサイズ〉です。